カレーライスと餃子ライス

片岡義男

晶文社

カレーライスと餃子ライス　目次

1 カレーライスは漂流する

2　餃子ライスはひとりで食べる夕食の幸せ

1　カレーライスは漂流する

母親の黄色いカレーライス

僕はいま、といま書いている人は、とある作家が創作した、架空の人物だ。その架空の人物に、その作家は、この七月で六十五歳という年齢を与えた。いまは九月だ。六十五歳という年齢からすでにふた月が経過していた。そしてこの僕は、いまから五十年前、十五歳の子供に戻っていた。僕にとってのカレーライスの原点である、母親のカレーライスを、想像のなかで味わうためだ。

僕はいま十五歳の子供だ。「今夜はカレーライスよ」という母親のひと言がまだ余韻として残っているキチンの定位置で椅子にすわり、金属の匙を握りしめ、姿勢を正していた。僕の母親は、姿勢にうるさい人だった。僕にとってのカレーライスの原点は、ひと皿のカレーライスを待っているときの、この姿勢の正しさにある。

作りかたをよく聞いておけばよかった。食べるのに夢中だったのだろう。人参、馬鈴薯、玉葱、それにカレーライス用にサイコロに切った豚肉。これらは最初に炒めておく。別のフライパンに小麦粉を溶き、カレーパウダーを加える。このようなレシピはいまの参考にはならない。自分にとっての原点である母親のカレーライスを、十五歳と想像のなかで戻った自分が、再現しているだけだ。

あらかじめ炒めておいた肉と野菜に、カレー粉によるルーをあわせる。ご飯の上にかかったカレーは、盛大に黄色かった。あの黄色を再現しないといけない。カレー粉の黄色だ。いまのスーパーマーケットで売っているだろうか。五十年前となんら変わらない昔の味。こういうカレー粉がいまもあるだろうか。店へいってみないと、なんとも言えない。ありそうな気もする。各種の香辛料を混ぜた、似ても似つかない香りや味のカレー粉ではなく、ほんとに昔のままのカレー粉でないと、意味はない。

母親はどこか近くの店であの黄色いカレー粉を買っていた。僕が最初に母親のカレーライスを食べたのは中学生の頃だ。十二、三歳のときではないか。五十年前にあのスーパーマーケットはすでに営業していただろうか。

その母親はとっくにいない。父親もだ。かろうじてこの僕が、何度も食べた母親のカレーライスを、記憶のなかに再現することができた。記憶のなかに再現するだけだったが、それは楽しい行為だった。

十五歳の僕は自宅にいた。二十歳を過ぎても自宅にいた。食べる料理は基本的に母親の手料理だった。母親の料理はいくつも記憶にあった。カレーライスはそのなかのひとつだ。記憶のなかに再現されたカレーライスに関して、なにかが決定的に足らない、と僕は思い始めた。なにかが欠けている。それは、なにか。

口に入れたときの感じ。そして歯を使って咀嚼していくときの、感触。こんなことを必死に思い出そうとしていた僕は、欠けているものがなになのか、思いついた。日本語で言うところの、グリーンピースだ。あれが欠けている。想像のなかに立ち上がってくる母親のカレーライスに、グリーンピースがないではないか。

単なる水煮だったと思う。あの不思議な球形の、淡い緑色が、ルーの斜面になかば埋もれ、その斜面と皿の縁をかたちづくるところに、五つ六つと転がっていたはずだ。あのグリーンピースがまったくない。

そこまで考えて、いっきに思い出した。標準的な缶詰をふたまわり小さくしたような缶詰だった。缶切りを使って蓋を開けるのは僕の仕事だった。専用の缶切りはどこへいったのか。カレーライスを盛りつけた皿に、母親は十二、三個のグリーンピースを散らして、カレーライスは完成だった。あのグリーンピースの缶詰はまだあるのか。僕は確かめたくなった。それから、あの黄色いカレー粉。スーパーマーケットの棚の前にいる、六十五歳に想定された自分を見た。

Coffee starts me real good.

いつもの私鉄駅から各駅停車の上りに乗る。途中で急行に乗り換えようか。その急行を経堂で降りて各駅停車に乗り換え、豪徳寺で降りる。駅を出て道を渡り、路地の奥までいくとそこに世田谷線の山下という駅がある。向こう側のプラットフォームから二輛連結の電車に乗るとすぐに起点および終点の下高井戸だ。駅を出て商店街を南へ歩くまでもなく、左側にある建物の二階にその喫茶店がある。

テーブル席にすわるといい。なぜならのちほど、カレーライスを食べるのだから。しかしまず珈琲だ。これを英語で言うなら、Coffee starts me real good. とでもなるか。かつて阪神タイガースにいたランディ・バースのような気持ちになる。その珈琲は、僕の経験では、この店が言うところの、ブラジル・フレンチがたいそう結構だ。これを一杯。

考えごとをし、手帳に万年筆でメモを書き、小一時間が経過してからカレーライスを注文する。この店ではカレーライスはひと種類だけだ。それとブラジル・フレンチをもう一杯。この喫茶店のカレーライスを食べ、二杯目のブラジル・フレンチを飲む。至福の時間がそこにある、と言っておきたい。

カレーライスの店、あるいはカレーライスもメニューにある店で、カレーライスをどのくらい食べたか見当もつかないが、思い出すのはまずこの喫茶店のカレーライスだ。そしてブラジル・フレンチ。念のために書き添えると、この文脈でのフレンチとは、深煎りした豆による、という意味だ。

カレーライスと二杯目の珈琲でふたたび小一時間。小一時間をふたつ足すと、どのくらいの時間になるのか。じつに美しく満足して支払いをすませ、喫茶店の急な階段を降りて右へいくと踏切だ。踏切の前に立ち、電車が行き来するのを待つ、という良質の時間を過ごす幸せについて、のちほど手帳にメモしなくてはいけない。

踏切を越えてすぐ右側にコロッケの店がある。男性が何種類ものコロッケを次々に揚げていく様子を、窓のガラス越しに見ることができる。僕はポテトコロッケを五つ買うことにきめている。強力なジップロックを持参しているから、コロッケはそれに入れて持つ。

世田谷線の駅が至近距離にあり、ふたたび踏切で待つかもしれない。買ったばかりのコロッケを持って踏切で電車の通過を待つ。ジップロックは、少なくともいまは、閉じてはいけない。この良き時間についても、忘れないうちに手帳にメモしておこう。世田谷線の電車に乗り、ひとり掛けの席にすわってさっそく、手帳と万年筆を僕は取りだす。

山下でその世田谷線を降り、歩いて三分の豪徳寺で小田急線の下り各駅停車に乗る。急行には乗り換えない。そのままでいい。買ってきたコロッケは、いつ、どのように食べても美味だが、食べているとかならず、あの喫茶店のカレーライスと珈琲を、僕は思い出す。

どんなカレーがあっても、もはや驚かない

いまの日本で食べることのできる、さまざまなカレーライスを列挙してみたくなった。いまはもうないものがあるかもしれない。

野菜カレー。ヴェジタブル・カレー。ヴェジ・カレー。ヴェジタリアン・カレー。根菜カレー。子供カレー。味噌カツカレー。スープカレー。うまカレー。ホテルカレー。マイ

カリー。辛口カレー。赤飯カレー。これは冷えた赤飯に熱いカレーをかけて食する。松屋オリジナルカレー並盛り。大人カレー。オリエンタルカレー、マースカレー。ククレカレー。「おいしいみんなのカレー」という歌を日本じゅうの人が聞いたはずのハウス・バーモントカレー。着物姿の松山容子さんが勧めてくれるボンカレーは、ほうろうの広告看板が一万円で古書店のカタログに出ていた。「錆び少あり」の状態だそうだ。

地名の入ったカレーライスは無数にある。インド・カレー。バングラ・カレー。ネパール・カレー。カシミール・カレー。ボンベイ・カレー。ロシア・カレーもあるそうだ。欧州カレーやフランス・カレーがあるが、もはや驚かない。パリ・カレー。トリコロール・カレー。凱旋門カレー。タイ・カレー、と聞くとなぜか安心感を覚える。インドネシア(旧名ジャワ)・カレーはインドからの移民によるものだが、そこからさらに移り住んだフィジーはカレーが国民食となっており、食べた友人の話によると本格的だそうだ。

横須賀カレー、函館カレー。小樽カレー。博多カレー。大涌谷《おおわくだに》カレー、というものを先日、小田急のロマンスカーという電車のなかで、LED表示の電光案内板で見た。箱根大涌谷のケーブルカー駅食堂にあるそうだ。

「よるカレー」というカレーライスが、京都にあった。バーで提供されていたので、夜だけの営業だから「よるカレー」だという。

ＪＲ飯田橋駅を白山通りに出て南に向けて西側を歩いていたら、「上等カレー」という屋号を僕は見た。詳しい友人が基本を教えてくれた。大阪が本拠地で、東京へ進出中、やや甘口のトンカツ・カレーがお勧めです、ということだった。時間がなくてそのときは入れなかったのが残念だ。

とろろカレー、について教えてくれた人もいる。丼の底にご飯を厚めに敷きつめ、その上にまんべんなく、とろろを流しこんでご飯にかぶせ、ご飯をとろろで完全に遮断する。その上に、穏やかに、たっぷりと、カレーを注ぎ入れると、とろろカレーの出来上がりだ。

ライスカレーか、カレーライスか

カレーライス、というものをもっとも一般的な日本語で表記するなら、カレーライス、と書くほかないのか。

カリーライス、というものがひと頃あった。ひと頃とはいつ頃ですか、と問われたら、かなり以前だよ、三十年くらい前かな、としか言えない。カリーライスという表記を、最近はほとんど見ない。

遭遇する機会はごく少なかったが、クリーライス、という表記もあった。カレーライスやカリーライスとは違うのです、という言外の主張が伝わってくるのは、多様性の肯定と実践の、具体的な一例だった。

Ｃｕｒｒｙという言葉は、ごく素朴な反応として、キュリーと読めなくもない。フランス語ではそう読む。ライスはフランス語ではリズだ。日本語のカレーライスの直訳として、キュリー・リズがフランスで通じるかどうか試してみる、という酔狂はありえる。

ライスカレー、という表記もあった。カレーライスとまったくおなじものだが、ライスとカレーの順番が違っていた。ライスがカレーよりも先に出ていた。時代としてはカレーライスよりも先のものが、ライスカレーだったと思えばいい。

カレーライスが主流になる前は、日本のどこへいっても、ライスカレーだった。ライスカレーまっ盛りの時代に、カレーライスをください、と大衆食堂で言ったなら、店の人はどのような反応を見せたか。

カレーよりもライスのほうが主役だったから、当然のこととして、表記はライスカレーだった、という説を唱える人がいる。米が主役の座から落ちていくにしたがって、表記はカレーライスとなっていった、とその人は言う。なるほどね、と答えておこう。

ナンとライスのどちらになさいますか、とウェイトレスにきかれるのが、いまという時代だ。大勢というものがここにもあるなら、それはライスを離れてナンに近づきつつある、と僕は判断している。ナンにするとおかわりのできる店もある。

ご飯にカレーをまぶしたものを、金属のスプーンですくっては口へ運ぶ、という動作とそのなかにある感触とが、時代から離れつつある。金属のスプーンは問題含みだ。コース料理でまず出てきたスープは、金属のスプーンで飲む。好みの熱いスープだけをカウンターで飲むなら、マグから直接に。人々を分断する時代の裂け目がそこにある。

カレー・アンド・ライスと言うなら、それはごく普通に英語だろう。カレー・アンド・ライスは、しかし、日本語としては定着しなかった。ライスカレーに固くはばまれ、カレーライスによって駆逐された。

カリー・アンド・ライスと表記されているものを探しているアメリカの男性を、小説の主人公として考えたことがある。彼がそれをついに見つける話を、本気で書こうか。

火事を見ながらカレーライスを食べた

東京の西北のほう、と言えばそれでわかる私大の学生だった頃、同級の友人と古書店で偶然に会った。棚の向こうへまわろうとしたら、その向こう側から彼が眼の前にあらわれた。

店の外で僕たちは立ち話をした。その話の終わりに彼が言った。

「ほかのアパートに引っ越すんだ。このすぐ近くに見つけた。これから部屋を見にいく。一緒に来るかい」

アパートの部屋を見る午後。悪くないではないか、と僕は思った。

彼とふたりで裏道に入り、右に曲がり左に曲がり、

「あそこだ」

と彼が指さした手前に、洋食の食堂があった。

「俺はカレーライスを出前してもらう。お前は?」

と彼はきいた。アパートの部屋を見てカレーライスを食べる午後。けっして悪くはない。

彼はおなじカレーライスを二人前、すぐつきあたりのアパートの一階の3号室への出前として注文した。

部屋は要するにただのひと部屋だった。外から見たときよりもさらに古さが濃厚だ、という印象があった。

「ここに住むのか」

「青春の寝食だ。たまには勉強もするだろう」

などと語り合っていると、アパートの玄関に出前が届いた。ふたりで出ていき、割り勘で支払い、カレーライスひと皿とスプーンをそれぞれ持って、部屋へ戻った。

畳にすわってカレーライスを半分ほど食べたところで、

「火事だ、逃げろ」

と怒鳴る男の声が、アパートの奥から聞こえた。火事だ、逃げろ、と何度も叫びながら声は近づき、部屋のドアをいきなり開き、

「逃げろ、火事だ」

と大きな声で言った。

僕たちに切迫感はまるでなかったのだが、火のまわりは思いのほか早く、男がアパートの入口へと走ったすぐあと、部屋に煙が入ってきた。煙の量は急速に増え、僕たちはそ

れぞれ食べかけのカレーライスの皿とスプーンを持ち、入口まで走り出て靴を履き、外の道へと出ていった。

少し離れたところに民家の新築現場があり、使用する木材が道ばたに重ねてあった。その木材に腰を下ろして、彼と僕はカレーライスをたいらげた。どのような理由があったのか、アパートは盛んに燃えていき、火は二階へと広がり、アパートの半分が火に包まれた。周辺は文字どおりの火事場騒ぎとなった。

その騒ぎに背を向けるようにして、彼と僕は洋食の食堂まで歩いていき、食べ終えたカレーライスの皿とスプーンを返却した。店主が外に出て火事を見ていた。受けとった二枚の皿を重ねて右手に持ち、二本のスプーンを左手に持った女性の店員も、店の外で火事を見た。僕たちもしばらく火事を見た。

木製の専用スプーンでカレーライスを食べる

酔狂には二段階ある。思いつく段階と、それを実行に移す段階との、ふたつだ。

店で食べる一皿のカレーライスをめぐって、どのような酔狂が成立するか。かねてより僕はこのことを考えてきた。そして、つい先日、秋の始めに、まず最初の段階をクリアした。酔狂を思いつく、という段階だ。これなら十分に酔狂だろう、とまずその当人が自ら苦笑するようなことを、僕は思いついた。

カレーライスは金属のスプーンで食する。これまでにいったい何皿のカレーライスを食べたか、とうていわからないが、そのすべてを金属のスプーンで食べた。金属以外のスプーンでカレーライスを食べた経験ないしは記憶が、まったくない。

木製のスプーンでカレーライスを食べたい、と僕は思った。どこでもいいからとにかく店で、一皿のカレーライスを木製のスプーンで食べるのだ。

次の段階である実行へと、僕は移った。木製のスプーンでカレーライスを食べる、という思いつきを実行するためには、カレーライスを食べるにふさわしい、木製のスプーンを手に入れなくてはいけない。良くできた木製の、魅力的なスプーンであることが、なによりも望ましい。相応の対価を支払って、わざわざ手に入れるに値するスプーンでなくてはいけない。自分にそう言い聞かせながら、僕は探した。

あった。見つかった。欅《けやき》の木から削り出した、じつに美しい姿態のスプーンだ。しかもその名をカレー・スプーンと言い、二本がひと組となり、きれいなボール紙の箱に入っているではないか。欅は古くから日本人の生活になじんできた。日本人の意識の底に木目というものがあるなら、それは欅の木目だという。欅は人の体への当たりが優しいのに、しっかりと引き締まって堅い。しかも細工はしやすい。堂々たる木造民家の大黒柱から、お嬢さんがその白い手に持つ可憐なお椀にいたるまで、用途はたいそう広い。その広さのなかに、欅で作ったカレーライス用のスプーンというものが、あって当然だ。

手に入れたばかりの欅のスプーンを、僕は愛でている。柄が途中から先端に向けて、きれいな曲線でカーヴしている様子はとくに良い。これでおいしいカレーライスを食べたい、と愛でるたびに切に思う。

あとは実行に移すだけだが、解決すべき問題はまだある。どの店なら、この欅のカレー・スプーンを使うに値するのか。どこでもいい、というわけにもいかないだろう。せっかくの酔狂が、そこでしぼんでしまう。それだけは避けなくてはいけない。しかし、ひとり一万円の伊勢海老カレーライスの店ならいい、というものでもない。酔狂はまだ成立していない。

スプーンは持ってきましたか

カレーライスを食べるときに木製のスプーンを使いたい、と思った僕は、欅から削り出して木目を生かした、美しいかたちと出来ばえの、その名もカレー・スプーンというものを、二本ひと組で手に入れた。このことについては、すでに書いた。

手に入れたからには、使ってみたい。いかに、どのように、このスプーンを使うか。どこで、どのようなカレーライスを、このスプーンで食べればいいか。ごく日常的においしいカレーライスなら、それでいい。どこで、という問いが重なると、即答することはできない。あわてることはない、後日の課題にしよう、ということになった。

「京都へいきましょう。そこで使うのです。カレーライスを食べるときの専用に木製のカレー・スプーンをわざわざ手に入れたという酔狂は、京都でそのスプーンを使って、完結します」と、友人は自信をこめて言った。

「京都はお好きでしょう。京都で食事をするなら、まず喫茶店のカレーだよ、と言ったでしょう。僕は覚えてますよ。あれを実行しましょう。欅も京都なら本望です」

なるほど、そうか。京都へいくためには、新横浜から新幹線に乗らなくてはいけない。一見したところいつものとおり手ぶらの僕は、じつはジャケットの内ポケットにカレーライス専用の欅のスプーンを二本、忍ばせている。男がひとり、忙しい昼日中、カレーライスを食べるための欅のスプーンを二本、内ポケットに入れて、東海道新幹線のぞみ号に乗るのだ。これは酔狂のきわみだ。

東京駅から乗った友人が車内で迎えてくれる。

「スプーンは持って来たでしょうね」

と友人は言う。僕はジャケットの上から胸ポケットを軽く押さえる。内ポケットには二本の欅スプーンが入っている。僕はうなずく。へたに微笑してはいけない。「持って来たともさ、ここにあるよ」などという台詞も、必要ない。

いつもは東京にいる人が、ある日の夕方は京都の喫茶店にいる。持って来た木製のカレー・スプーンを店の人に見せる。こちらのカレーライスをこのスプーンでいただいてよろしいでしょうか、と店の人にきき、許しを得なくてはいけない。

ポークカツ・カレーか。それともビーフカツ・カレーか。マトンでもチキンでもいい。どの喫茶店にするか。大きな皿にやや大盛りな厚切りカツカレーを、いつものセーターを着た中年の女性が、テーブルまで持って来てくれるような店がいい。

何軒かの喫茶店、そしてそれぞれに美味なカツカレーが、僕の記憶のなかで重なり合ってひとつになり、渦を巻いている。まずはその渦を止めなくてはいけない。そのあと、重なり合う記憶をときほぐし、喫茶店、やや大盛りのカツカレー、中年の京言葉の女性、といった要素をきれいにひとつにつなぎなおし、よし、きめた、ここへいこう、と決定して実行すれば、酔狂はひとまず完結するはずだ。

いきつけになりつつある喫茶店で

梅雨の晴れ間の陽ざしが素晴らしかった日の午後、僕は友人たちふたりと京都の喫茶店にいた。いきつけになりつつある喫茶店だ。東京から新幹線で二時間かけてこの喫茶店で珈琲ですか、と地元の知人は呆れるが、この喫茶店の空間にはそれだけの価値がある、と僕は確信している。

創業は昭和十二年だ。店内の空間構造は、その頃からなんら変化していない。この喫茶店に入れば、八十年前の喫茶店の空間に身を置くことができる。なんの変哲もなさそうに思える、さほど広くはない店内だが、席にすわってしばらくすると、自分がじつに落ち着いた気持ちになっていることに気づく。

ほかに客がいようといまいと、自分だけが静かに充足してそこにいる。珈琲を飲んでいると、壁や天井それに座席など、昭和十二年の日本でごく日常的に普及していたアールデコであることに気づく。昭和十二年の日本の喫茶店の空間は、これほどまでに人の気持ちを落ち着かせるのか。

座席がこの上なく良い。座面も背もたれも深みのある青いビロード張りだ。背もたれは高さのある垂直で、店内でもっとも特徴があるのは、この背もたれだろうか。うしろの座席と共有している背もたれだ。人を落ち着いた気持ちにするにあたって、もっとも力を発揮しているのは、この背もたれだろう。

この喫茶店の存在に僕が気づいたのは、いまから十数年前のことだ。今年の葉桜の頃、ようやく客になることができた。そして早くもこの喫茶店は、東京から新幹線で二時間の、いきつけの喫茶店になりつつある。

テーブルには透明なガラスが敷いてある。その下に長方形の紙が斜めにあり、カレーライス始めました、と手書きしてある。お客さまのご要望で、とウェイトレスは言う。お客さまとは、地元の人たちだ。いつものあの喫茶店で、手軽に小腹を満たしたい。タマゴサンド、ホットケーキ、フルーツサンドなど揃っているが、ご飯ものならカレーライスをしのぐものはない、ということだろう。

いつものあの店で、気楽に、手軽に、安く、しかもおいしく。なるほど、カレーライスか、と僕たちは妙に納得した。いきつけの喫茶店の空間にふと隙間ができるなら、その隙間に宿る力のひとつは、おいしいカレーライスだ。

僕たち三人はそのカレーライスを食べたのか。いいえ、食べなかった。珈琲なら歓迎だけれども、それを超えるものは、少なくともいまは、いっさいお腹に入らない、という状態だったからだ。タクシーで十分ほどのところにある、地元の人たちしか来ない喫茶店で、その店の名物であるカレーライスを三人がそれぞれ食べ、珈琲を飲んできたばかりだった。

そのことについていまこうして書きながら、あの喫茶店でもカレーライスを一人前だけ注文し、三人で仲良く分けて食べればよかったかな、とごく軽い後悔の気持ちを楽しんでいる。

京都カレーライス再訪

ちょうど二十年前、夏の終わりのある日の午後、僕は京都のイノダの本店にいた。出版社から依頼されたなんらかの仕事が、京都であったからだ。つきあってくれたのは、その出版社の営業に勤務していた青年だった。入社して営業に配属されて四年目だが、今年の異動では編集へいきます、と彼は言っていた。

イノダ本店で一時間以上の打ち合わせをした。ひと段落したとき、「おなかは空いてませんか」と彼が言った。お昼がまだです、と彼は言った。それはいけない、なにか食べよう、と僕たちは店を出た。

南へ下がった記憶はない。少し歩いただけで広い道へ出た。三条は当然のこととして、あとは姉小路を越えれば御池だ。

南へ下がったなら行く先は四条だが、四条までは御池までの倍はある。それほどの距離を歩いた記憶がない。だからそのとき僕たちは北へ向かい、御池に出たはずだ。

路線バスが停留所から出ていき、そこへ来たタクシーに乗った。停留所は堺町御池ではなかったか。いまもある。夏の終わりの晴天の日だった。走りだしてすぐに、タクシーの運転手はヴァイザーを下げた。このことは鮮明に記憶している。西陽が直射していた。僕たちの乗ったタクシーは御池を西へ向かった。

カレーライスのおいしい店があるのです、そこへいきましょう、と営業の彼が連れていってくれた店を、二十年後に僕はつきとめようとした。タクシーは一度も方向を変えなかった。ということは、御地を西へ直進したのだ。まっすぐいくと二条駅の前だが、そこまでいく手前で、僕たちはタクシーを降りた。そして道を渡った。確か横断歩道を歩いたと思う。カレーライスがおいしいと彼が言う店は、道を渡ったところ、つまり、御池の北側にあった。

ここまで自分の記憶を整理するのに、やや手間取った。中年の女性がカレーライスを持って来てくれたのだが、中年の女性がおいしいカレーライスをテーブルまで持って来る店が、僕の記憶のなかに三軒あった。その三軒の記憶がひとつにからみ合った状態を、きれいに解きほぐす必要があった。

きれいになってみれば、あとは簡単だった。京都の喫茶店の地図と僕の記憶をつき合わせると、そうか、ここだったたか、とすっきり判明した。判明はしたけれど、営業にいた彼に連れられてカレーライスを食べて以来、一度も店を訪れることはなかった。

再訪するしかない、と僕は思った。二十年ぶりだ。再訪という言葉に、二十年という時間なら不足はないだろう、などと僕は思った。店はなんら変わることなく営業を続けているという。

いまもおなじ出版社に勤務している昔日の彼は、いくつかある部署のひとつの部長だ。彼に電話してきけばすぐにわかったはずだが、僕は自分ひとりで店をつきとめたかった。夏の初めに二十年ぶりの再訪をかなるために。

一九六九年創業のカレーライス

午後一時十分前に東京からの新幹線で僕はこの町に到着した。乗り継いだ地下鉄の階段を上がって外に出ると、東西にまっすぐのびる並木の道だった。人どおりはほとんどなかった。六月九日午後一時三十分、快晴の日の陽ざしが景色のなかに満ちていた。

僕は西へ向かった。すぐに南へ下りる路地があるのだが、それはやり過ごした。次の路地まで歩き、その路地を下がっていくと、東西にのびる並木の道に出た。左の角に目的の店があった。店の前に向けて横断歩道があり、信号は赤だった。僕はひとりで待った。太陽はわずかにうしろへまわっていた。僕の頭の形が影になって足もとにあった。店のドアが開き三人の客が出て来た。彼らは東へ向かった。

信号は青になり、僕は横断歩道を渡った。店の前には、ぼんぼり、と呼ばれている看板があった。ぼんぼりのこちら側には「喫茶とお食事」とあり、向こう側には「珈琲とカレー」とあった。こちら側の抽象を向こう側でやや具体的に解題したのだ。

店に入ると片隅にふたり用のテーブルが空いていた。僕はそこの椅子にすわった。トッピングになにも追加しないカレーライス、それにブレンド珈琲を注文した。

冷たい水を飲んで待つほどもなく、淡路島の玉ねぎとトマトによる濃い褐色のビーフカレールーが、百三十グラムのご飯をなかば覆って出来上がったカレーライスが、僕のテーブルに届いた。そのたたずまいは、見ただけで十分に満足感のあるものだった。

一九六九年創業以来のカレーライスに、福神漬けがアクセントとして効いていた。かつて厚切りカツをトッピングしたときのことを、ほんの一瞬、思い出した。ご飯とカレーの混じり合ったものを、一本の金属のスプーンですくっては口に入れて食べる行為が、これほどまでに人を幸せにするとは。

楕円形で深みのある白い皿から、カレーが、ご飯が、そして福神漬けが、やがてすべて消えた。カレーライスを、僕は食べ終えた。珈琲がテーブルに届いた。その珈琲を飲みながら、僕はひとりで思案した。この店を出たあと、どの方向に向けてどのように歩けばいいのか、という思案だった。これしかないだろう、という結論に到達する前に、珈琲は飲み終えた。

席を立ち、支払いをして、僕は店を出た。景色のすべてが陽ざしのただなかにあった。店へ入る前に渡った横断歩道の信号は赤だった。陽ざしを正面から受けとめながら、僕はひとりで待った。やがて信号は青になった。

横断歩道を渡りながら、僕は振り返った。角にあるその店が陽ざしを受けとめている様子を見て、僕の気持ちは満たされた。

もう一度振り返り、そのまま西へ歩き、二ブロックで地下鉄の駅だった。降りた駅のひとつ西の駅だ。僕はその駅から地下鉄に乗り、三つ目で降りた。地上に出た僕は、夕方まではしごする喫茶店の順番を、考えた。

カレーだからカレーだよ

ただ単にカレーではなく、たとえばカツカレーのように、頭になにかつくカレーのことを考えてみた。ポークカレー。マトンカレー。チキンカレー。ビーフカレー。野菜カレー。インドカレーも加えよう。自衛隊カレーというものもある。薬膳カレーはいまは見かけないがきっとあるだろう。愛情カレーもあったような気がする。

海鮮では伊勢海老カレーやアワビカレーが知られている。鯨カレーがある。まだ食べていないが缶詰をふたつ買った。この連載では友人をひとり巻き添えにしているから、その友人にも鯨カレーの缶詰をふたつ進呈した。奥さんとふたりで食べたそうだ。うまいです、と彼は言っていた。

その彼が鯖《サバ》カレーを教えてくれた。ほどよい大きさの鯖の切り身に衣をつけて揚げたものがいくつか、カレーとご飯の接する斜面にならべてあるという。おなじ彼がチーズカレーを教えてくれた。外国人観光客の要望で、立ち食いカレーの店でメニューに加わったものだという。あらかじめすりおろしたパルメジャーノをカレーの上にかなりの量、ふりかける。チーズ蕎麦もあるそうだ。かけ蕎麦にシュレデッド・チーズをひとつかみかけたものだ。

　フライドポテト・カレー、というものを見つけたときは、なぜかうれしかった。うれしさの理由を自分なりに分析してみた。フライドポテトは好きだ。カレーも好いている。両者の思いがけない合体にうれしさを覚えたのは確かだが、いま少し深い。ここまで来たか、という感慨が持つ深さへの共感には、うれしさがともなった、という言いかたをしておこうか。

「二百円カレーは、どうですか」

　と、巻き添えの友人が言った。

「店で食するカレーライスの、値段における現在の下限です。東京にあります」

　僕が考えていた下限は二百七十円だったのだが。そうか、二百円か、と僕は思った。語呂はいいし、百円玉ふたつ出せばそれで文句なし、という簡潔さは捨てがたい。

「食品メーカーと協同して、味と安値、そしてフランチャイズ展開における店ごとの均質性が、高い次元でなしとげられています」

「うまいのかい」

「辛くもスパイシーでもないですけど、給食あるいは学食のカレーのようで、おそらくそのせいでしょう、主婦、サラリーマン、学生、部活帰りの高校生、塾へいく途中の中学生、工事現場の人たちなど、広い客層に好評だそうです」

「よし、食いにいく」

「東京の地の果てから電車でいくと、それだけで六百円は超えますけど、いいですか。でも、ぜひ、食べてください。短いエッセーだけではなく、長い論文だって書けるはずだと、僕は思ってます」

悔いを残さずカレーライス

夏の初めに三人でその店へいったとき、三人はそれぞれごく小さな悔いを残した。

「僕はカツカレーライスを食べたのですけれど、うちのカレーはスパゲッティにもよく合うのよ、と言っていた女主人の言葉が忘れられません。言われれば、そのとおりです。あのカレーは、スパゲッティによく合いますよ。メニューにはカレー・スパゲッティと出ていました。あれを食べるべきでした」

これが、友人Aの残した小さな悔いだ。

友人Bは女性で、彼女にも悔いはあるという。

「私はいちばん標準的なカレーライスを食べましたけれど、ドライカレーにも惹かれるものが強くあったのです。ドライカレーを食べればよかったかなあ、といまでも思います」

友人Bは以上のように言った。いちばん標準的なカレーライスは、その店のメニューには、カレーライス、と表記してあった。

僕は彼女とおなじカレーライスを食べた。なにはともあれ標準からいこう、などと思ったからだ。そして、ごく小さな悔いを残した。厚切りカツカレー、というものを食べたかった。カレーライスはおそらくおなじものだろうと思う。だとしたら、そこに厚切りカツがのっているカレーライスを食すべきだった、といまにして思うのだ。

三人が小さな悔いをそれぞれに慈しんだひとときの結論として、

「またいきませんか」

と友人Aが言った。

「あの店へまたいくのです。そして今度は、悔いを残さないように食べるのです」

「賛成します」

と、友人Bが言った。

「いきましょう。夏のうちに」

「ドライカレーを食べるのかい」

と僕がきいた。

「そうです」

「カレー味のチャーハンだよ」

と僕は言った。

「だとしたら、それこそを、私は食べたいです」

と彼女は言い切り、唇を真一文字に結ぶではないか。真剣なのだ。

「僕はカレー・スパゲッティにします。食べてみたいです」

というのが友人Aの切なる希望だった。

「では僕は厚切りカツカレーだ。今度はそれをぜひ食べたい」

意見はまとまった。いくほかない、という意見だ。新幹線で片道二時間。まあなんとか酔狂のうちに入るだろうか。

夏の盛大なお祭りの終わったあと、僕たち三人はその店の客となった。

ドライカレー。カレー・スパゲッティ。厚切りカツカレー。その三種類を三人は注文した。ひと種類をひとりが三分の一だけ食べて、隣りの人にまわす、という食べかたで、三人は三とおりのカレーを、堪能した。おいしかった。悔いはなにも残らなかった。

板子一枚かろうじて

皿はいまも楕円形だろうか、と僕はふと思う。カレーライスの皿だ。かつては楕円形の皿だったような気がする。少なくとも記憶のなかにあるイメージとしては、その皿は楕円形だ。やや深みがあり、縁が作ってあり、色は白が基本だった。

少し昔の漫画家は、ケーキを描くとき、かならず三角形のショートケーキを描いた。しかもその三角形の上には苺がひとつ載っていた。おなじように、彼らがカレーライスを描いたなら、その皿はほぼ自動的に、楕円形となるのではないか。固定観念は恐ろしい。

しかし、カレーライスは皿一枚のものだ。カレーだけ別の容器で出てきても、皿のライスにかければ、そこにはカレーライスが見事に出来上がり、それは皿一枚だ。匙一本。そして、僕ひとり。僕ひとりが、匙一本で、皿一枚のカレーライス。その皿が丸かろうが楕円だろうが、さしたる関係はない。

一枚、という漢字ふたつのともなう言葉を僕は頭のなかに探してみた。かつてなら、誰もがまず口にしたはずの言葉は、板子《いたご》一枚下は地獄、という言いかただったろう。板子とは、和船の底に敷く揚げ板、と国語辞典には説明してある。いまならまず、和船からしてその意味はおろか、どのようなものなのか想像することすら、難しいのではないか。

パンツ一枚、という言いかたも、思い浮かんだ。この言いかたのジェンダーはまだ男だと言っていい。文字どおり、男ひとりがパンツ一枚でいる状況だ。幼い男のこでもいいのだが、一般的にはいい歳の大人の男が、ということになっている。具体的にパンツ一枚である、という描写であると同時に、徒手空拳の無手勝流のようなありかたの、比喩的な表現にもなりえる。

皿一枚のカレーライス。板子一枚下には確実に存在する地獄。そして、パンツ一枚の男。三題噺じゃないか、そこへ持っていったのかい、と架空の第三者が苦笑している。三題噺とは、あたえられた三つの演目を取り入れて即席でひとつの作品に作りあげることを言う、落語の世界の言葉だ。ここでは落語ではなくエッセーだが。

皿一枚のカレーライスを一本の匙でかきこんでいるひとりの男は、じつはいまのところ板子一枚でかろうじて地獄とは隔てられているのだが、そうとはまったく自覚していず、さらに自覚していないのは、カレーライスをかきこんでいる自分が、パンツ一枚で板子の上にほうり出されている、というまぎれもない事実だ。

見事に三題噺になってきたじゃないか、うまいもんだねえ、とさきほどの架空の第三者が言っている。題目が三つもあればストーリーのひとつくらい、無理に作らなくてもそこにある、ということだ。皿一枚のカレーライスは、ことほどさように、男の世界として残された、数少ない領域のひとつだ。

鴨南蛮カレーうどんとナインボール

鴨南蛮カレーうどん、というものが好物だった時期が僕にはある。二十代のなかば前後の、せいぜい二年ほどの期間だったたか。

いつも乗り降りする私鉄の駅から自宅まで、のんびり歩いて五分ほどだった。ひとつ手前の駅で降りると、寄り道せずに南口の商店街を歩いて住宅地に入るなら、十二、三分で自宅だった。気分に合わせて、あるいは必要に応じて、このふたつを僕は使いわけた。

夜の七時前後にその私鉄に乗って帰路についていると、当然のことながら、なにか食べていこう、という気持ちになる。手前の駅で降りて商店街を歩いていくと、鴨南蛮カレーうどんを食べることのできる店があった。いつ、どのようなきっかけで、鴨南蛮カレーうどんを好んで食べるようになったのか、記憶はもはやまったくない。

丼ひとつに割り箸一膳で完結している様子にくらべると、店の人に注文するときの、カモナンバンカレーウドンヲヒトツクダサイ、というひと言は、ひと言にしては音の数が多いな、などとのんきなことを思ったのは、いまでも覚えている。

この店を出て、すぐ脇にある路地を奥へ入っていくと、喫茶店があった。当時の僕は、フリーランスのライターとして、神保町で仕事をしていた。喫茶店をはしごしては、原稿を書き、打ち合わせをした。一日のなかに何軒もつらなる喫茶店の、最後がここだった。最後だけに居心地は良かった。

一杯の珈琲を相手に、その日の反省をするといえば聞こえはいいが、ようするにただぼんやりと過ごす時間に珈琲がつき合ってくれる、というだけであり、それだからこそ、そのような時間にはそれなりの深みがあったのだ、といまになって思う。ではその深みとやらは、どうなったのか。

喫茶店でひとり過ごす時間が終わると、そこを出て裏道を駅へと向かう。駅のすぐ手前にはビリヤードがあり、当然のことのように僕はここへ寄った。空いている台はほとんどいつもあったから、僕はそこでひとしきりナイン・ボールのシミュレーションを楽しんだものだ。

気がつくと隣りのテーブルでは、妙齢としか言いようのない美人がひとり、キャロム・ショットやバンク・ショットの練習をしているではないか。手を休めて見物している僕に、

「しましょうか」

と彼女は言う。

ナイン・ボールの数ゲームはあっというまに終わり、こてんぱん、といっていい状態で僕の負けだ。この時代の夜まだ早い時間、ビリヤードにひとりでいる女性は、美人であればあるほど、ビリヤードの腕は確かだった。いまでもそうだろうか。

「北口のバーで友だちが働いてるのよ。たまには店に来てと言われてるから、これからいくの。来る？」

と、のんきな夜は始まっていったのだった。

カツカレーのはしご

駅の階段を上がっていく途中で、いろんなことを僕は思いつく。短編小説の発端にな

りうるような思いつきと、ほんのちょっとした冗談で終わるしかないような思いつきとの、ふたつに分かれる。

カツカレーのはしごは可能だろうか、という思いつきを、取るに足らないものとして捨て去っていいだろうか。つい先日、いつもの私鉄駅の階段を上がりきる寸前、思いついた。

この連載に巻きこんでいる友人に女性ふたりを加えた、楽しい夕食の席でこの思いつきを僕が語ったら、

「可能です。まったくなんの問題もありません」

と、その友人は即答した。

「ぜひ実現させましょう。いつがいいですか」

と、手帳を取り出す彼を、僕はしばし制した。実現させるためには作戦を立てなくてはいけない。

「夕方の五時にその日の営業を開始する、すでに何度かふたりで訪れているあのカツカレーの店に、五時に入る」

「いいですね。冬の初めの平日の午後、五時からカツカレーです」

「三十分で食べ終えるだろう」

「いつもそうです」

「五時三十分を過ぎた頃には、カツカレーを胃のなかにして、冬の夕暮れの街を僕たちは歩いてる」

「さて、珈琲ですよ」

「いい珈琲を出してくれる店は何軒かある。どの店にするか」

「近いところでいいでしょう」

「そうもいかない」

と僕は言った。

「なぜですか」

「二杯目のカツカレーの店をどこにするか。それによって、珈琲の店がおのずからきまってくる」

「駅のすぐ隣りのあのカフェへいきましょう。二階が喫煙席ですから、そこで僕は煙草を喫って、くつろぎます」

「深煎りの豆による珈琲がうまい」

「最高です」

「そしてこの店の脇にあるドアから出ると、おそらく五十歩と歩かずに、洋食の店だ。そこには何種類かのカレーライスがある。カツカレーはメニューのいちばん上に出てる」

「そのコースにしましょう」

「珈琲をどうする。その店で飲むか、それとも、さきほどまでいたカフェに、ふたたび入るか」

僕の言葉を受けとめて彼はしばし思考した。そして次のように言った。

「あのカフェは気がきいてます。さほど時間を置かずにふたたび入ってきた僕たちの珈琲は、お代わりとして半額にしてくれる、という可能性があります。これに賭けましょう。いつにしますか。早くきめてください」

雨の外苑、夜霧の日比谷

午後五時に開店するカレーライスの店に、待っていた人たちが開店と同時に入ると、カウンターの七席はいっぱいとなった。カツカレーのはしごをするために、まんなかに空いていたふたつの席に僕たちはすわった。

カウンターのなかでは端の壁に冷蔵庫が寄せてあり、その上にあるラジオから夕方の番組が聴こえていた。僕たちがすわると同時に始まったその番組は「振り返るあの頃」という題名の短い番組だった。その日に振り返ったあの頃は、一九六四年の日本だった。

東京オリンピックがあった。東海道新幹線が営業開始した。かっぱえびせんが発売された。というような話があり、当時のTVCMの音声が紹介された。クリネックス・ティシューが「使い捨てのできるハンカチ」として売り出されたのはこの年で、二百枚入りが百円だったという。

その年のヒット歌謡として「東京の灯よいつまでも」が放送された。厚切りカツカレーを食べながら僕たちはその歌を聴いた。

「東京を去って、出身地の田舎へ帰る男の歌だと思ってたけど、違うんですね」

と友人が言った。

「主人公はひとりの男性で、そいつはいまも東京にいるんです。会社勤めですよ。女性にふられた歌です。ふられたことを、彼は回想しています」

という彼の解説に、

「雨の外苑、夜霧の日比谷」

と僕は言った。

「いまもこの目にやさしく浮かぶ、と彼は歌ってる。いまもと言うからには、ふられたのは三年くらい前のことかな。結婚を申し込んだ彼女に渋谷の喫茶店で断られた。彼はこれから飛行機の夜間便で博多へ出張だよ。空港までお送りします、と一九六四年の東京の女性は言ったんだ。ふたりでタクシーに乗り、外苑を抜けていくときは雨で、日比谷で降りたときお堀のほうには夜霧が出ていた。日比谷とは有楽町さ。そこから彼は電車に乗って羽田空港へ。空港で彼女が見送ってくれて、それが彼女とのお別れとなった」

「なるほど」と友人は言い、スプーンの縁でカツを切り、カレーとまぶして口へ運んだ。「物語ですね」

「そのとおりに歌ってるじゃないか」

「ふられはしたけれど、いい思い出なのですよ」

「甘い回想だよ。淡い別れにことさら泣けた、いとし羽田のあのロビー、ああ東京の灯よいつまでも、とは、思い出が甘いままに続きますように、ということだ。自分をふった女性の幸せを、彼は願ってもいる」

「一九六四年の三年前には、この俺が生まれてます」

「いまの彼は結婚して奥さんとどこかに住んでいる。奥さんは三カ月の身重で、今日は早く帰った彼を待っていたのは、奥さんが用意したカレーライスだった。野菜のたくさん入った」

ママは面白がっただけ

残暑の平日、午後五時すぎ、地元で愛されて五十数年の洋食店で、僕はひとりで食事をした。早ければ七時すぎから夜中の十二時前まで、夜の時間を自宅で静かに安定して使えるからだ。

海老フライ二本には野菜の千切りにドレッシングをかけたものとポテト・サラダがついてきた。それにカツカレー。どちらも上出来だった。海老フライをスプーンの縁で切ってはカレーにまぶして食べると、カツカレーはたちまち海老フライカレーだ、などと思いながら正面の窓ごしに、路地を行き交う人たちを見るともなく見て、ご機嫌のひとり飯だった。

その食事が終わりに近づいた頃、珈琲をどうするか、という問題が浮上した。食後の珈琲だ。洋食店の珈琲は食事とじつによく釣り合っている場合が多い。この店もそうだから、ここであの珈琲を飲むのもいいけれど、と僕の頭は回転した。

ここであの珈琲を飲むのもいいけれど、店を出て二分と歩かないところに珈琲の専門店があり、そこで深煎りの豆による小さな珈琲カップのフレンチ珈琲も悪くないどころか、今日はそれにしようという結論を、カツの最後のひと切れで拭い取ったカレーに重ねた。

早い時間の夕食をやがて終えた僕は、レジへ歩いて代金を支払った。ママが応対してくれた。年齢は不詳になりつつあるが、色白の可愛いタイプの色気は健在で、客にはまんべんなく優しい。おそらくそのせいだろう、料理とともに彼女も人気がある。

「珈琲は飲まなかったのね」

と彼女は言った。なにげないほんのひと言だが、リーチは充分にあった。そのリーチは僕に届いた。届いたそれは、思いがけない展開だった。展開には応じることにしている僕は、

「この次に来たときには、二杯、飲みます」

と言った。

ママは笑った。リーチが届いた僕を余裕の笑いで引き寄せ、

「いつだって一杯でいいわよ」

と彼女は言い、

「今日は、飲んでいく?」

と、僕に訊いた。積年の練磨と言っていいのか、それともこれが生まれつきなのか、

この言いかたとそれにともなう表情、そして全身がほんの一瞬だけ発揮した性的な魅力は、僕をからめ取った。手も足も出ない、というわけではないけれど、さきほども言ったとおり、展開には応じることにしているから、

「はい、飲んでいきます」

と僕は答え、さきほどまでいた席へ戻り、すぐに出てきた珈琲を飲んだ。

これはけっしてママによるナンパの試みではなく、僕をふと指先でつついて面白がっただけなのだ、という思いがその珈琲と見事に均衡していた。

豪雨とカレーライス、そして珈琲

乗り換えのために私鉄を降りたとき午後一時だった。駅を出て道を渡り路地に入った。その路地のつきあたりに、二輛連結の電車が専用軌道で走る駅があった。路地のなかほどを歩いているとき、僕は雨を感じた。気圧の変化と雨の匂いを僕は全身の感覚で受けとめた。かならず雨になる、と僕は思った。

電車はすぐに来た。乗客は少なかった。電車が走っていく方向に向けて左側のひとり用の席に僕はすわった。窓の外を眺める間もなく、ふたつ目の駅は終点および起点の駅だった。僕は電車からプラットフォームへ出た。

乗車代金は電車に乗るとき、入口の読取装置で僕のカードから引き落とされていた。だから駅に改札のゲートはなかった。駅の構内はそのまま外の商店街とつながっていた。駅の中と外とが厳密に仕切られている現実になれていると、改札ゲートのない様子には、なにか忘れ物をしているような感覚があった。

商店街は南北にほぼ直線だった。南に向けておだやかな下り坂をいくとすぐ左側の建物への入口があり、入口はそのまま、二階への急な階段だった。僕はその階段を上がった。二階は喫茶店だった。僕は手前の窓辺のテーブルで、窓を背にして椅子にすわった。カレーライスと珈琲を注文した。カレーライスは一種類しかなく、珈琲はいつものとおり、ブラジル・フレンチの豆を選んだ。カレーライスと珈琲は同時にください、と僕は頼んだ。夏の平日の、やや遅い昼食だった。

カレーライスと珈琲を待っていると、あるときいきなり、すさまじい音を窓の外に僕は聞いた。人の叫び声がその音に重なった。雨の音だ、と僕は判断した。雨と言ってもその降りかたは尋常ではなかった。空ぜんたいから地表に向けて、ある瞬間からいきなり、ありったけの水をぶちまけたような、そしてそれがそのまま続いているような、どこかあからさまに凶暴さを秘めた、鋭い音だった。

雨はこんなふうにも始まるのか、と僕は思った。すさまじい音が連続している外の景色を見たい、と僕は思った。そしてその思いを抑制し、なにげない表情で脚を組みかえてみた。建物にも地表にも人にも、いっさいなんの区別なしに、豪雨は無数の雨滴を叩きつけた。喫茶店のなかに豪雨の音が満ちた。いま青白く光ったのは稲妻ではないか。雷鳴を僕は待った。思っていたよりもはるかに重く深い音で、雷鳴は届いてきた。

カレーライスと珈琲が僕のテーブルに届いた。サラダの小さな白い鉢が、カレーライスの皿と珈琲カップの受け皿とのあいだに置かれた。

文字どおり横殴りの雨が窓のガラスを外から叩いた。そのすぐ内側にいる僕はいっさいなにごともなく、テーブルに向きなおって、珈琲カップを手に取った。僕はまず珈琲を飲んだ。雨の音が珈琲とともに体のなかに入るのを、僕は感じた。ふた口目でもそれはおなじだった。

白いご飯はありますか

予定していたより一時間早くに空腹を覚えた。空《す》きっ腹をかかえたままではろくなことがない、というオートバイの先輩の教えにしたがい、僕はオートバイを停め、街道から山裾へのスロープを上がっていく狭い階段を四、五段上がったところにすわり、ひとつだけ持っていたレトルトのカレーを袋からシエラ・カップに移し、ポケット・ストーヴの直火で熱くした。

使い捨てのスプーンですくっては、息を吹きかけては冷まし、口に入れた。カレーだけをこうして食べて、空腹はひとまずおさまった。僕はふたたびオートバイで走った。宿のある町をめざしていた。

途中の小さな町に入って、ふたたび空腹を覚えた。百メートルほどのあいだに点在する商店のなかに中華料理の店があった。僕はなんら迷うことなくオートバイを停め、ヘルメットを脱ぎながらその店に入った。

水のグラスを持ってきてくれた中年の女性に、

「ご飯はありますか」

と僕は訊ねた。カレーだけを食べた後遺症の第一段階にあった僕は、ご飯を切に希求していたからだ。やや不思議そうな表情で、

「ありますよ」

と彼女は答えた。メニューに酢豚という文字が見えた。

「酢豚はありますか」

「あるわよ」

エビチリソースという片仮名を僕は見た。

「エビチリソースはありますか」

「それも、あります」

僕はそのふたつに白いご飯を注文した。やがてテーブルに届いた三つを僕は夢中で食べた。そしてその店をあとにして、宿のある町へ向かった。部屋を予約しておいたビジネス・ホテルに入り、熱いシャワーを浴びたあと、ベッドに仰向けに横たわって天井を見ていたら、レトルトのカレーだけを食べた急性と言っていい後遺症の、第二段階に僕は入った。

酢豚やエビチリソースとともに食べたご飯のことはすっかり忘れた僕は、むしょうにご飯が食べたくなった。上手に炊けた白いご飯だ。こんなときになぜ英語が浮かぶのか自分にもわからないが、ホワイト・スティームド・ライスという言葉が、僕の頭のなかをぐ

るぐると駆けまわった。

夜の時間はまだ早かった。いまから服を着て外へいけば、白いご飯をなんらかのおかずを添えて食べることのできる店は、きっとあるだろう。いこうか。という思いを僕は否定した。いかない、ときめた。

冷蔵庫から冷えたミネラルウォーターの瓶を取り出し、グラスに半分ほど飲み、ふたたびベッドに仰向けとなった。明日はまずなにはともあれカレーライスを食べるのだと、ビジネス・ホテルの天井に誓った。

カレーライスで連続させていく日々

会社の仕事は周期的に忙しくなる。いまはその時期の頂点だ。そしてやっと今日の仕事が終わった。壁の時計を見る。午後十一時を過ぎている。編集の大部屋の向こう半分はすでに天井の明かりが消えている。まだ仕事に没頭したままの男が、三人四人と、あちこちのデスクにいる。お先に、と声をかけて、彼は部屋を出ていく。

廊下を歩いてエレヴェーターまで。ひとりで一階へ降り、通用門へまわり、守衛の男性におつかれさまとひと言いわれて軽く会釈し、建物の外へと出ていく。地下鉄の駅へとひとり歩く。

空腹を覚える。自宅にはおそらくなにもない。冷蔵庫のなかに発泡酒か。地下鉄に乗り、座席にすわり、乗り換えの駅で外に出てひとり飯にするか、と、ぼんやり考える。

乗り換えの駅で地上に出ると、そこには夜の街がある。店はすべて今日の営業を終えて閉まっている。ただし、チェーン店は開いている。カレーライス。ラーメン。牛丼。黄金の三択だ。どれにしようか。

「この三つの選択を前にして、ひとり夜の街を歩いている僕は、胸が踊るのを自覚しますよ。いつも、そうです」

と言った友人がいる。四十代後半の働き盛りの男だ。三択を前にして躍動する彼の胸には、仕事の充実ぶりが存分に反映されている。

カレーライス。ラーメン。牛丼。日本の働き盛りはこの三択なのだ、と思って僕はひとり苦笑するけれど、充分に苦笑したあとには小説を書け、と僕は自分で自分に言う。三択を前にして、胸が踊ります、とまで彼は言ったのだ。無駄にしてはいけない。それは小説にすべきだ。少なくとも短編には。もはや胸など踊らない男を、その短編の主人公にするといい。

もう胸は踊らない、というフレーズは、良い題名になるのではないか。意図して叙情的に書くといい。季節は初秋だ。彼は五十歳を過ぎている。間もなく五十一歳だ。深まる秋はつるべ落としに日が短い。しかも今日は雨が降り始めた。傘の人たちが街を埋めている。彼もヴィニール傘をさす。会社のロッカーに置いてあった。それをさしてひとり歩きながら、彼は腕の時計を見る。

今日という日。そしてそこにいるいつもの自分は、このとおりひとりだ。残業を終えて空腹だ。選択肢のなかから彼はカレーライスを選んだ。好みの店は二軒あった。どちらにしようか。どちらの店も、いま彼が雨のなかを歩いていく方向にあった。

いまここにいる自分。今日という一日。昨日にはその昨日を今日と呼んだ。明白もまた、その明日を、今日と呼ぶ。今日という日の連続のなかに、この自分を彼は置いてみる。その自分は、よるべなさの権化のようではないか。よるべなさを確定するために、今日はカレーライスがある。カレーライスを食べては連続させていく日々というものを主題に、小説をぜひとも書こう、と僕は思う。

海老フライにサーロイン・ステーキ

桜が近い季節、平日の午後、四時三十分、街のなかで自分はひとりだ。珈琲にしようか、とその自分は思った。どこで、どのような珈琲にするのか。深煎りの豆による、小さなカップの珈琲。店のメニューにはフレンチと表記されている。いいではないか。自分の気持ちはその珈琲へと傾いていった。

しかし、とその自分は思った。すでにこの時間だ。珈琲の前に夕食は、どうか。早めのひとりご飯だ。なにを食べればいいか。

カレーライス、という案が頭の片隅に浮かんだ。そしておなじ頭が、その案を消した。うーん、カレーねえ、というわけだ。

栄養のバランスなどまったく無視して、好きなものを食べたい。ということは、好きなものだけがある店へいけばいい。そしてそれは、洋食の店か。

海老フライはどうか。二本の大きな海老のフライだ。一本はタルタル・ソースで、そしてもう一本はウースタシャ・ソースをかけて。野菜がたくさんついてくる。それに、ポテト・サラダ。

ほぼそのようにきめた自分は、その洋食の店へと歩いた。ごく平凡に歩いて五分のところに、その店は位置していた。

広いと言っていい店には四組の客がいた。僕とおなじく、早めの夕食の客たちだ。

席について僕はメニューを点検した。そして注文したのは、マカロニ・サラダにサーロイン・ステーキだった。カレーライスはどうか、という案をさきほど否定した理由が、このときはっきりした。

せっかくのひとりご飯なのに、カレーライスだと金属のスプーン一本を手にするだけであるのが気に食わない、という理由だ。ナイフで切り、フォークで突きさしては、口へと運びたいではないか。

ひとりご飯を僕は楽しんだ。サーロイン・ステーキをいつくしむかのように、ナイフでいくつにも切り、フォークで突きさし、そのつどそれを愛でては、口へと運んだ。上出来のマカロニ・サラダを食べながら、これはサーロイン・ステーキのおかずだろうか、それともステーキのほうこそ、このマカロニ・サラダのおかずなのか、と僕はひとり思った。回答は見つからなかった。

早めのひとりご飯をめでたく完了した僕は、代金を支払い、店を出た。いくべき喫茶店はすぐ近くにあった。だからすぐに、僕はその喫茶店に入った。客がふと少なくなる時間だった。

　落ち着ける席で僕はフレンチを注文した。その珈琲がテーブルに届き、小さなカップを指先に持って最初のひと口を飲むとき、食べようかと思いつつも今日はやめておくことにしたカレーライスのことを、僕はふと思った。カレーライスを夕食に選びそれをひとりで食べたとしても、そのあとの珈琲を飲みにこの店に来たかどうか。

「正解」の加減を割り出すこと

　秋は深まりつつあった。妙に暑い日が続くことも、すでになくなった。そしてその日は雨模様の平日だった。綿ネルのシャツに黒いナイロンのウインドブレーカー、そしてジーンズにトレッキング・ブーツはいつもとおなじで、夕方の五時過ぎ、僕は百貨店八階のレストラン街の一角で、インド料理の店の客だった。

　当店一番人気、とメニューにうたうカレーライス、そして珈琲を、僕は注文した。

ご飯とナンが選べるのだった。僕はご飯にした。ご飯とカレーを別々の容器で出すか、それとも一緒にしてひとつの容器にするかと、若いウェイトレスが妙な節をつけた早口で訊ねた。ひとつの容器で一緒に。カレーの辛さは五段階のなかから選べた。珈琲はいつお出ししますか、という質問には、一緒にください、と僕は答えた。彼女は最敬礼して立ち去った。

席についたなら、「カレー」のひと言ですべてが足りた時代から三十年は経過しただろうか、などと思いながら僕は、すでに暗い窓の外を見た。これも夜景だろうか。さまざまな大きさとかたちの建物が、秩序のない殺風景さのなかにいくつもあった。

その建物にひとつふたつとある電光の広告看板に読める文字は、アデランス、プロミス、そしてドン・キホーテの三つだった。ドン・キホーテ、とはっきり読めた。キホーテ殿、という意味だ。椅子の上で位置を少し変えると、もうひとつ、セルフカラオケという片仮名が、電光の看板に読めた。

トマト味の効いたチキンとバターのカレーは悪くなかった。ご飯が良くできていた。食べていると珈琲がテーブルに届いた。その珈琲は、洋食店の珈琲を思わせる出来ばえだった。まともな洋食店で出す珈琲は、その店のあらゆる料理と均衡した範囲内に納まっている。この珈琲もそうだった。これ以上である必要はない。しかし、これ以下では困る。

そのどこか中間にある正解の加減を、珈琲において店の料理人はどのように割り出すのか。ひょっとしてそれはまぐれなのか。そんなことはない、と思いながら僕の視線は窓の外へと向かい、アデランス、プロミス、そしてドン・キホーテの片仮名を、まるで幼い子供の復習のように、読むのだった。体を大きく右に倒すと、視界の左端には、セルフカラオケという片仮名を、読むことができた。

当店一番人気のカレーと、きれいに盛りつけたご飯とは、これはボウルだと言っていいほどに、縁が深く垂直に立った、楕円形の白い容器に入っていた。気持ちはよくわかるけれど、少し深すぎるのではないか、と僕は思った。店で食べるカレーライスは、その皿が平らであればあるほど貧乏くさくなる、という法則のようなものを、僕はすでに何年も前に発見している。この店の容器は、僕がこれまでに体験したなかでの、もっとも深い器だった。

大人初のカレーライス

夏の終わりの雨が降る平日だった。僕は二十七歳の独身で仕事はフリーランスの雑誌ライターだった。いろんな雑誌の求めに応じて、さまざまな記事を書いていた。仕事とそれに関連したことを最優先にしていたが、それ以外は気ままな日々だった。そしてその僕は、世田谷区の実家に両親とともに住んでいた。

その雨降りの日に打ち合わせで外出する僕に、母親が用事を頼んだ。世田谷区役所へいってくれ、と言うのだ。区役所でなにをするのか、母親の説明を聞いた。そして僕は外出し、当時はまだ玉電と呼ばれていたはずの電車で、区役所までいった。

あちこちの窓口で書類に記入したり捺印したりして、母親に頼まれた用事はやがて完遂した。区役所から世田谷通りへ出て、バスで渋谷へいき、渋谷から地下鉄銀座線で神田へいった。神田で打ち合わせが二件あった。最初の一件の約束より三十分早く、僕は神田に着いた。駅の周辺を歩いてあれこれ観察するのは楽しい時間だった。

神田での打ち合わせのあと、御茶ノ水でもう一件、打ち合わせがあった。中央線で御茶ノ水までいき、駅のすぐ近くの喫茶店で一時間以上、打ち合わせをした。

そのあと僕はレコード店めぐりをおこなった。神保町まで降りていき、五軒の店をまわり、十数枚のLPを買った。雨はまだ降っていた。僕が履いていたのは、分厚くて頑丈なヴィブラム底の、アッパーが皮革製の軽登山靴だった。いくら雨に濡れても平気だった。喫茶店で珈琲を飲み、買ったばかりのLPを眺めた。

喫茶店を出ると空腹を覚えた。そしてそこで僕は思い出した。今日はカレーライスを作っておく、と母親が久しぶりに珍しいことを言ったのだ。そのことを思い出した僕は、今日の街歩きはそこまでにして自宅へ帰ることにした。

自宅へ帰ると八時を過ぎていた。母親はすでに自室へ引き下がっていた。ご飯は保温器のなかにあった。カレーは温めた。ご飯に温かいカレーをかけ、スプーンですくって僕はひとり食べた。おいしい、と僕は思った。これは僕が大人になってから、母親が作った初めてのカレーライスではないか、とも僕は思った。

そしてそれは充分に美味だった。ご飯とカレーがちょうど半分のお代わりに足りるだけ、残っていた。僕はそれをたいらげた。らっきょうの甘酢漬けがあったから、それをたくさん食べた。

その後に母親が作ったカレーライスを僕は思い出せない。思い出せない、ということは、その後はなかったのだ、という理屈を僕の母親にあてはめると、きれいに整合する。だからこそ、三十八年後のいまも、こうして覚えている。

今日はカレーよ、と母は言った

ワンス・アポナ・タイム。ロング・ロング・アゴー。その昔の、また昔。日本のいたるところで、夕食の準備を始める時間にお母さんが、

「今日はカレーよ」

と言ったとき、子供たちは喜んだ。とくに男のこたちは喜び、歓声をあげてスプーンを振りかざし、半ズボンであたりを駆けまわった。いまその男のこたちは、五十代なかばで会社勤めなら、管理職あるいは早期退職勧告を受ける身か。

日本の男のこと母とをつないだのが、カレーだったか。カレーは日本の母なのか。いまではさほどには感じられないかもしれないが、カレーはひと頃までは、じつは完全に男子のものだった。その痕跡はまだ残っている。スーパーマーケットの棚にびっしりと並ぶ

レトルトのカレーのパッケージを見てごらん。思いっきり権威主義的なデザインであり、そこに女性は参加していない。

母たちによるカレーの刷り込みは、カレーを食してこの世を生き抜くようにという、母の願いだったか。カレーは母に教えられた人生だったか。では父はなにを教えたか。男は外に出て稼ぐんだ、と多くの父は言ったか。

早めの夕食にカツカレーを友人と食べながら、日本の母親とカレーライスをめぐって、僕は以上のような理屈を述べた。カレーをまぶしたご飯にカツのひと切れを載せて口に入れ、それを咀嚼して飲み下した五十代なかばの友人は、次のようなエピソードを披露してくれた。

「ロング・タイム・アゴーの話ですが、僕が結婚したとき、ふたりで一軒家に住むことになったのです。実家の庭の隅に建てた、３ＬＤＫの小さな平屋の家です。その家にふたりで住む初日の午後遅く、僕の奥さんはハンドバッグひとつであらわれました。桜の頃の土曜日でした。忘れもしません。僕とふたりで生活に必要なもののうち、彼女が用意したものはすべて、その家に運びこんであったのです。ですから彼女は、ハンドバッグひとつで、あらわれたのです。３ＬＤＫの間取りを見てまわった彼女は、僕がいたキチンへ戻って来て、今夜はカレーにしましょう、と言ったのです。その時間から作り始めて、カレーライスならなんとか出来る、ということですね。結婚してふたりいっしょに住む初日の、記念すべきカレーライスですよ。彼女はカレーライスを作りました。僕も多少は手伝いました。カレーライスはおいしかったです。おかわりしたことも、まるで昨日の出来事のように、はっきりと覚えています」

思い出を語る彼は、皿のなかのご飯にカレーをまぶした。そしてそれをスプーンにすくい取り、顔の前にかかげ、

「しかもその日は」と、感慨を込めて、彼は言った。「しかもその日は、僕の三十歳の誕生日でもあったのです」

カレーライスと母親神話

「今日はカレーライスよ」と母親に言われた子供たち、とくに男のこたちは大いに喜んだという。いまから五十年ほど前のことだ。豊かさに遠いのはそのままに、高度経済成長という次の段階に入った頃の日本だ。一九六七年を例にとるなら、農林業就業者数が全就業

者数の二〇パーセントを切り、ミニスカート、フーテン、アングラ、怪獣が大流行だった。

いま五十七歳の管理職男性にきいてみたら、次のように言った。

「夕食のカレーライスはうれしかったですよ。スプーンをかかげて歓声をあげ、家中を走りまわってました」

十歳年下の女性にきいてみた。日本では十歳違うと、その人たちの土台となる文化が異なるほどに、断絶しているから。

「スパイスの配合からやるんだと言って母の作ったカレーライスが、びちゃびちゃのまずいもので、これが母のカレーライスの原点です。小学三年生くらいの頃かな。高校生、大学生になって、インド料理の店に入り、金属製の食器がテーブルにならび、いろんなカレーをナンにつけて食べて、これはおいしい、と思ったのが、おいしいカレーライスの原点です」

原点はそのままに、彼女が自分で作るカレーライスも、ひと種類だけだが、食生活の一角に位置を占めているという。

「東京の西のはずれで牧場を経営しつつ、ヨーグルトやバターその他、乳製品を市販しているところでカレーライスのレシピを教えてもらいました。ヨーグルトを使うレシピです。このレシピを忠実に守ってます。友人たちにふるまうと、大好評です。カレーライスは好きですけれど、会社勤めの男性たちのように、食事時にふらっと会社の外に出て、今日はカレーにするか、というような日常はまったくありません」

日本の男たちが子供の頃に体験し、良きカレーライスの記憶としていまも残るだけではなく、現在もなんらかの力を発揮している状況について、ついでだから彼女に尋ねてみた。

「お母さんの作ったカレーライスでしょう。きちんと作れば、けっしてまずくはなりません。他のメニューにくらべて、カレーライスが特別だった日というものは、確かに想像することはできます。きっとそれなりにおいしかったのでしょう」

という前置きのあと、彼女は次のようなひと蹴りをくれた。日本の男たちのカレーライス体験は、このひと蹴りによって、どこかへ飛んで消えてしまうのではないか。

「自分たちが子供だった頃、つまり彼らが会社勤めの労働力としてはまだモラトリアムに守られていた頃、お母さんの作るカレーライスという、日本の男社会をいまも支える母親神話を、彼らは日常のただなかでの食事をとおして、叩きこまれたのです。叩きこまれた神話はいまも機能しています。だからこそ、一皿のカレーライスが、これほどまでに、日本の男たちを支えるのです」

モラトリアムのカレーライス

知人のひとりが、「カレーライスはモラトリアムです」という説を熱心に語ってくれた。

「子供の頃、母親が作ったカレーライスを、男の子供たちはとくに喜びました。このカレーライス体験が強固に形成されていて、モラトリアムの原点となっています。それ以後のカレーライスのすべてが、この原点の上に立っています」

カレーライスは基本的には男のものだ、とその知人は説く。会社勤めの男性が少なくとも定年退職するまでは、カレーライスを食するたびに、モラトリアムの日々が彼のなかに蘇ってくるという。

「一杯のカレーライスを食べながら、彼はじつは幻想のなかでモラトリアムを生きているのです。モラトリアムの日々を出て久しい男たちですが、心のどこかで、常にモラトリアムを求めているのです」

お母さんの作るカレーライスの次にあらわれたのは、大学の学生食堂のカレーライスだった。その次は就職した会社の社員食堂のカレーライスだ。会社のお昼にいく何軒かの食事の店のなかに、カレーライスの店はかならずある。今日はカレーライスだ、と心ときめいてカレーライスを食べるとき、彼の心はなかばモラトリアムの日々のなかに戻っている。あるいは、まったく新たなモラトリアムのなかを、見果てぬ夢を追って、さまよっている。

大人の男が外でカレーライスを食べるとき、彼の脳裏に蘇るカレーライス体験については、すでに書いた。彼の胸中に蘇るカレーライス体験は、全面的に肯定することのできる、良き過去の総体なのだ。

自分の過去のすべてが、一皿のカレーライスによって、肯定できる。その延長として、現在の自分も、いまの言葉で言うなら、大丈夫であり、前方に関しても、まあなんとかいけるだろう、とあらかじめ肯定することができる。一皿のカレーライスは、このようにめでたいのだ。

「そしてそれこそが、私の言うモラトリアムです」

と知人は自説の展開に熱をこめた。

「全面的に肯定することのできる過去とは、モラトリアム以外のなにものでもありません。なんの苦労も心配もなかった、なにひとつ働く必要すらなかった、じつにうららかな執行猶予の日々です」

そう言われればそんな気もしてきた僕は、彼の説と僕の見解とを、頭のなかで重ね合わせてみた。重なるのだ。だからその一端を言葉にした。

「自分の過去の全面的な肯定は、何度となく繰り返したいものだよね」

「そこなのです」

と彼は言った。

「カレーライスを彼らは何度も食べるのです。カレーライスが国民食になる理由です」

母のレトルト・カレー

母親があたえてくれたカレーライス体験、というものに興味を持った僕は、四十代なかばの女性にきいてみた。彼女は独身で仕事をし、ひとりで生活している。

「私は三十歳まで実家にいました。ひとり娘の核家族です。自分が料理を作ることもありましたけれど、母の料理を三十年にわたって食べた、と言っていいです。父親は私より一時間遅れほどで食べてました。カレーライスはありましたよ。定番とか得意料理、というわけではなく、ローテーションですね。月の初めにあれば、次は月の終わりに、そしてその次は月の後半になってから、といった間隔です。いまにして思えば、という言いかたをしますけれど、あのカレーはレトルトでしたね、まず間違いなく」

ピーマン、キャベツ、インゲンなどの野菜を切り、オリーヴ油で抄めておく。カレーのレトルト三袋を鍋にあけ、炒めておいた野菜をそこに加え、温める。かき混ぜながら充分に温め、熱くなってから、カレー皿によそった白いご飯のかたわらにかける。彼女の母親のカレーライスだ。

「ちょっと見た目には、おいしそうなんですよ。炒めた野菜を加えてから鍋で熱くしますから、そのあいだに野菜はカレーのルーに、ある程度のところまではなじむのです。ここがポイントでしょうか」

と、いま四十歳の怜悧な娘は言う。

「カレーのルーが、母の作り出す味ではない、ということに気づいたのは、いつ頃だったかなぁ。母の料理に関して、ある程度まで頭が働くようになった、中学の二年生あるいは三年生あたりですね。このルーだけは母の味ではない、と食べるたびに思ったのです」

「しかも決定的なのは、カレーライスが食卓に出てくるそのつど、味が違うのです。いろんなレトルトが市販されてますから、そのたびに違うものを買ってたのですね。プラステイックのかごを手に下げて、レトルトのカレーを物色している母の姿を、私は一度も見てないのです。一度でいいから、ちらっとでも見かけたかった、という思いがあります。母がくれたカレーライス体験、という言葉から私がまず思うのは、このような母ですね。その姿を見てないのは、いまとなっては、たいそう残念です」

彼女の母親は専業主婦だった。自分で炒めた野菜をレトルトのカレーに加えただけ、という知恵は、生活の知恵でしょうか、といま娘は笑っている。

「もうちょっとましな知恵であって欲しかった、という思いはもちろんありますよ。市販されているレトルトのカレーに、自分で炒めた野菜を加えただけのカレーライス、という共通の認識が私たち家族三人のあいだにあったかどうか。これははっきりしてないのですが、おそらくそのような認識はなかったと思います。いまの自分の日常のなかにレトルトのカレーがないのは母のおかげです」

空前絶後のカレーライス

一九六一年生まれの彼はいま五十六歳だ。名刺の肩書は部長だ。その彼が、小学校一年生だった頃の自分について、語った。

「プロレスが大好きだったのです。自宅のTVの前でいつも夢中で見てました。その僕を、小学校に入ったご褒美に、父親がプロレスに連れていってくれたのです。国技館です。うれしくてね。少し早く着いたので国技館のまわりを歩いてみたのです。裏のほうへいくと駐車場があり、なんとそこでは、ジャイアント馬場とデストロイヤーが、じつに仲良く、キャッチボールをしてたのです」

小学校一年生の彼は呆然とその光景を見守った。これは、いったい、なにか。答えはなかった。見れば見るほど、幼い彼は呆然となった。

ジャイアント馬場はプロレスラー以前はプロ野球の投手で、球を受けるのも投げるのも、見事に手慣れたものだった。馬場は楽しみながら投げ、受けるデストロイヤーもうれしさを全身に浮かべていた。デストロイヤーはあのマスクを着用していたという。

「馬場はつっかけサンダルにジャージですよ。マスクをつけたデストロイヤーとキャッチボールですよ。いつも見ていた自宅のＴＶ画面では、ふたりは宿敵です。毎回、血みどろの闘いです。それだからこそ、僕は熱狂していたのです。ところが、目の前で、ほんとに仲良く、ふたりはキャッチボールを楽しんでいるのです」

小学校一年生の彼は、世界が崩壊するほどの衝撃を受けた。そしてそのまま、父親とともに国技館のなかに入り、リングのよく見える席についた。

試合に向けて場内の雰囲気は盛り上がり、その頂点で闘いは始まった。じっと席にすわったまま、身動きひとつせず、彼は無言でリングを見守った。ついさきほど目撃したばかりの、ふたりの仲良しキャッチボールの衝撃は大きく、いつもならことのほか熱中するはずのライヴに、彼はまるで無感動だった。自宅でＴＶを見ているときには、小さな拳を振り上げ、やっちまえ、そこだ、などと叫んでいる彼なのだが、国技館の席ではついに無言だった。

「あたりまえですよ。世界はひっくり返ったのですから。父親は心配そうに、ときどき僕を見てましたね。試合は終わりました。国技館を出ました。電車に乗りました」

父親の提案で神田で降りたという。おいしいと評判の店に入り、父親はカレーライスを注文してくれた。

「カレーライスも僕は大好きです。いちばんの好物です。しかしですよ、いま自分が食べているのはカレーライスだと認識はしているのですが、味も香りも芳ばしい辛さも、あったものではないのです。あんなカレーライスは人生で唯一の、空前絶後です」

息子は風邪のひきかけだろうと判断した父親は、自宅へ帰ってすぐ、今日は早く寝なさい、と彼に言ったという。

涙も一緒にスプーンで食べた

「記憶に残るカレーライスですか。ありますよ。かつてはいくつかあったのですが、記憶のなかで淘汰されたのでしょう。いま残ってるのはひとつだけです。そしてこのひとつは、僕の人生の最後まで、おそらく消えることはないでしょう。それほどのカレーライスです。そんなカレーライスですけど、いいのですか」

それこそを聞きたい、と僕は言い、彼は次のように語ってくれた。

「もう何年も前のことですけど、まるでつい昨年のことのように、いまも覚えてます。大学の受験に失敗したのです。合格発表の日に僕ひとりで見にいったのです。朝からなぜか沈んだ気分で、そのなかに嫌な予感があるのを感じてはいたのですが、発表されてる番号のなかに自分の番号がないのを見て、予感は現実になりました。茫然自失ですよ。頭のなかはまっ白、などといまの言葉では言いますけど、白い色すらなくて、ぽっかりと完全に空洞です。その空洞のなかを自分はどこかに向けて落ちていきつつあるような、なんとも言いがたい気持ちでした。番号を何度か確認しました。そのつど、僕の番号はないのです」

その場をひとり歩み去った彼は駅に向かった。向かうところは駅しかなかった。そしてそこから電車に乗った。

「なにも食べずに家を出てきましたから、腹がへってました。電車に乗る前、なにか食べなくてはいけないと思い、大学の食堂に入りました。注文したのはカレーライスです。なにも考えることなく、ほぼ自動的に出てきたひと言でした。カレーライスはすぐに出てきて、それをスプーンですくって食べるのですが、なにを食べてるのかわかりません。そしておそらくカレーライスからの連想でしょう。お袋が悲しむだろうなあ、と思ったとたん、ぼろぼろと涙が出てきましてね。カレーライスをすくったスプーンのなかに落ちるのですけど、その涙もいっしょに食べました。今日はカレーよ、というお袋の言葉が子供の頃から好きで、ああ、いまもこうしてカレーライスを食べてるのだなあ、と思うと悲しくて、悲しくて」

しかしその彼も次の年には合格した。ほう、そこに入ったのかい、と誰もが高く評価する私大の商学部の入試に、彼は見事に受かったのだ。

「その年の五月のなかば、ふと入ったのが、おなじ食堂でした。おなじカレーライスを僕は食べました。自分もこの大学の学生になったのだな、といった高揚感はありませんでしたけれど、つくづく、しみじみ、一杯のカレーライスを食べていると、昨年のあのカレーライスを自分はまだ越えてないな、という思いが確定したのです」

いまでもまだ越えてはいない、と彼は言う。残りの一生かけて越えられるかどうか、といま五十なかばの彼は真剣に言う。

カレーにソース

「カレーライスの思い出を読ませてください」というリクエストに応えよう。僕が二十代の頃の話なら、思い出と言っていいだろうか。

二十五歳の夏、どこだったか思い出せないが、門前町の長い参道の入口にあった蕎麦の店で、僕は友人たちふたりとカレーライスを食べた。

いまから半世紀も前の日本だから、蕎麦の店のカレーライスはまっ黄色だった。見事に黄色なあの色だよ、と僕は思い出のとおりに書く。おなじような黄色いカレーライスを食べた記憶のある人たちは、まだ多く健在のはずだ。

どっしりと深みのある、大きめのどんぶりに、上出来の白いご飯がたっぷりとよそってあり、それを覆いつくすかのように、黄色いカレーが分厚くまんべんなく、かけてあった。その黄色いカレーを、端からご飯にまぶして、僕は食べていった。

友人のひとりが、黄色いカレーライスの正しい食べかたを伝授してくれた。カレーのどんぶりとともにテーブルに出てきたウースタシャ・ソースを、友人はカレーの上に存分にかけた。そしてご飯とカレーとウースタシャ・ソースの三者を割り箸でかき混ぜ、妙な色になったのを口へ入れて咀嚼しながら、

「こうすると、うまい」

と言った。

僕も試みた。かき混ぜたまっ黄色なカレーは、もはや黄色ではなかった。しかし、ウースタシャ・ソースの魔力と言うべきか、まったく別な食べ物になっていて、それは友人

が言ったとおり、うまいのだった。もうひとりの友人も、ソースをかけてかき混ぜ、うまいと言って食べた。

蕎麦の店で供された黄色いカレーライスは、このとき以外、僕はほとんど食べていない。二十代の十年間で、せいぜい三度くらいではないか。残念なことをした、といま思う。もっと食べておけばよかった。ふたりの友人たちと、門前町の入口の蕎麦の店で食べたのは、その三度のうちの一度であり、したがって思い出す感銘はひときわ深い。

洋食店のカレーライスに、すでにテーブルに出ているウースタシャ・ソースをたっぷりかけ、スプーンで混ぜながらすくい取っては食べる、という食べかたが、日本における庶民的なカレーライスの作法として、ほぼ全国的にいきわたっていた時代が、かつてあった。少しだけかけるのではなく、盛大にかけるのがこの作法の核心であり、黄色いカレーではなく、もはや充分に褐色であるカレーライスにも、ウースタシャ・ソースを存分にかけてかき混ぜる、という作法は適用されていたようだ。

黄色いカレーライスの思い出を書いていたら、黄色いカレーライスを食べたくなった。黄色いカレーの出てくる店を、見つけなくてはいけない。それはどこにあるか。見つける過程をまず楽しみたい。

僕のカレーライスにはお肉をたくさん入れてください

午後の喫茶店で友人と差し向かい。ふたりとも珈琲を二杯飲んだ。打ち合わせ、とも言いがたいけれど、ひとしきり仕事の話はした。友人はジャケットの右ポケットから輪ゴムをひとつ取り出してテーブルに置いた。左のポケットから、ふたつ。テーブルの上で輪ゴムは三つになった。さらに内ポケットからひとつ。

合計四つの輪ゴムを指さして、友人は言った。

「輪ゴムがポケットにたまる、という性向があるんですね。僕がそうです。多いときには十個くらいありますから」

そして輪ゴムをきっかけにした思い出話を彼は語った。

「大学生の頃の学食のカレーライスです。カレーの大鍋のすぐ隣りに輪ゴムを入れておく箱があり、輪ゴムはしばしばカレーのなかに落ちたのです。僕は四年間に七、八回は体験しました。輪ゴムの入ったカレーライスを」

彼の思い出話には、そこからさらなる展開があった。短いホープに火をつけて煙を吐き出し、彼は語った。

「その学食のカレーライスをめぐって、いまでもときどき思い出すのは、配膳のおばちゃんに、こっぴどく叱られたことです。配膳のカウンターのなかは、外からだと顔を横にしないと見えないのです。僕が顔を横にしてなかを見ると、白い給食帽子をかぶったおばちゃんがカレーの大鍋の前にいたのです。そのおばちゃんに僕は言ったのです。僕のカレーライスには肉をたくさん入れてください、と。

「ごく軽い気持ちでそう言ったのですけど、おばちゃんは烈火のごとく怒りましてね。ほんとに、ものすごい勢いで、怒ったのです。いったいなにが起きたのか、と僕は思いましたけれど、おばちゃんの怒りの対象は、この僕なのです。顔を横にしたまま、僕は配膳カウンターのなかを見て、おばちゃんの怒りを受けとめ続けたのです。

「まくしたてるおばちゃんの言葉を受けとめ、その論旨をまとめなおすと、文句のつけようのない立派なものなのです。本学では学生は平等を旨とし、それはカレーライスにおいても、皿に入る肉の数は平等が基本原則であり、それは厳しく守られているのに、お前という学生自らがその基本原則を平気で破るようなことを言うとは、いったいどういう了見なのか、という論旨でした。

「正論ですよ。一部の隙もありません。本学の学生であった僕は、顔を必死で横にして、謝るほかなかったのです。だから僕は謝りました。何度も謝罪の言葉を述べて、やっと許してもらいました。皿によそってもらったカレーライスを受け取るときにもう一度、謝りました。そのときのカレーライスには、肉が五つ入ってました」

テーブルの上の四個の輪ゴムを、彼はジャケットの右ポケットに入れた。そして次のように言った。

「輪ゴムは輪ゴムを呼びます。四個が揃って呼びますから、僕のポケットのなかで、輪ゴムはすぐに七、八個にはなるでしょう」

カレーライスにはプラモデルだよ

「僕が十歳のときに父親が転勤で東京へ戻って来て、ひとつの家に住むようになったんだよ。この話はずっと以前にしたよな。僕がもの心ついた頃には、父親は単身赴任してて、東京にはいなかったから。ときどき帰って来て、二、三日はいたかな。父親とはそういうものだ、と幼い僕は思ってたね。父親は几帳面な性格で、きまった時間にきまったことを、かならずする人だったな。東京へ戻って来てからは、毎週、日曜日の午後、ひとりっ子の僕を連れて、外出だよ。その外出先で、早めの夕食だよ。母親は解放され、造花を作る仲間と夕食、そして際限のないお喋りさ。なにか食べよう、なにが食べたい、と最初の時にきかれて、カレーライス、と僕は答えた。好きだったからね。そしたらそれ以来、ずっとカレーライスなんだよ。三度目か四度目のとき、食事の前にプラモデルを買ってくれと頼んだら、買ってくれたよ。それ以来、かならずプラモデルなんだ。そのあと、かならずカレーライス。中学を卒業するまで続いたから、合計で五年くらいか。日曜日、外で食べるカレーライス、そしてプラモデル。この三つはいまだに僕のなかでは、しっかりと結びついてる。おそらく、消えることはないね」

と年下の友人は語った。

「この話は、連載に使ってくれてもいい」

ともその友人は言った。連載とは、いま僕が書いているこれのことだ。

「プラモデルも僕は好きでね。毎週、日曜日ごとに、新しいプラモデルをひとつ買ってもらえて、カレーライスの夕食だよ。うれしかったよ。カレーライスの店に入ってテーブルにつき、注文したあと、買ってもらったばかりのプラモデルを取り出して、箱の絵を眺めるのさ。至福の時間だったよ」

彼の母親は元気だが、お父さんはもうこの世の人ではない。彼が四十歳になってすぐ、病を得て他界した。元気なお母さんは、いまでは造花の専門家だ。

彼は早期退職をして、いまは少しだけ仕事をし、あとは悠々自適の日々だ。子供はいない。奥さんは長く会計事務所に勤めていたが、いまはなかば独立している。

「いまふたたび、カレーライスとプラモデルだよ。完全に戻ったね。消えることはないだろう、と言ったのは、そういう意味さ。その気持ちになると、電車に乗ってこの町へ来るんだ。父親とは来たことのない町だよ。自分で見つけたんだ。ありとあらゆるプラモデルを置いてる大きな店があってね。カレーライスの店も、気に入った店が何軒かあるんだ。それに珈琲の店も。ここへ来ればなんの不足もない。だからたまには僕につきあって、カレーライスを食べてくれ」

プラモデルはすでに買ったと言い、いつも持っている黒いナイロンの鞄をかかげてみせた。あとはカレーライスと珈琲だそうだ。

風のたよりすらないままに

彼はいま五十三歳だ。独身で子供はいない。自分ひとりの生活の中心に仕事があり、そのような生活は快適で充実してもいた。ひとつだけ気になることがあった。あれから二十六年になる、ということだ。これまでは気にならなかったが、二、三年前からときどき思うようになった。

二十六年前の彼は二十七歳の独身の青年だった。親しくつきあう女性がいた。結婚はどちらも口にしていなかったが、結婚を求められたら、彼は受けとめるつもりでいた。しかしその彼女は、地方都市の開業医院の院長と見合い結婚した。彼女より十歳以上年上の男性だと、共通の友人が言っていた。

彼女からはなにも聞いていなかった。しばらくあと、なにかの用事で電話で話をしたとき、結婚することになったのよ、と言っていた。彼はそれ以上は聞かなかった。なにか事情があるのか、と思ったからだ。そしてそれっきりになった。

風の便りすらないままに二十六年が経過した。いま彼女はどうしているのか。気になることは解決するのが彼の方針だったから、かつてよく知っていた場所を、彼は訪ねてみた。これこそ小説なのか、と彼は思った。

駅を降りた。あれ以来だ、と彼は思った。あれとは、彼女と最後に会ってからだ。どこで会い、どんな話をしたのか、いっさい思い出せなかった。

彼女の部屋があったアパートは五階建ての集合住宅になっていた。銭湯は駐車場だった。踏切は高架の下に完全に消えていた。すべては変化していたのだが、ぜんたいはなんとなくおなじだった。土地の権利関係は変わっていないからだ、と彼は思った。

周辺の変化を観察したあと、彼は駅へ向かった。とある脇道の入口にさしかかったとき、この道を入ったところに、私の父親の弟が営む喫茶店があるのよ、と彼女が言っていたことを、彼は突然に思い出した。

その道に彼は入ってみた。喫茶店があった。入ってみた。いい店だ、と彼は思った。いまふうに過ぎず、かといって昭和の残照のただなかにあるわけでもなく、整った清潔さのなかに静かな落ち着きがあった。タンザニアの豆の深煎りで彼は珈琲を注文した。

珈琲を持って来た女性を見て、彼は驚いた。二十六年前の彼女にそっくりなのだ。生き写しとはこのことか、と彼は思った。彼女は彼より三つ年下だった。とすれば、この若い女性は、彼女が結婚して生んだ娘ではないか。

代金を払うとき、「お店のかたですか」と彼はきいてみた。「母の喫茶店なのですけれど、今日はいませんので私が手伝っています」という返事があった。喋りかたは明晰で、声も似ている、と彼は思った。「珈琲はおいしかったですよ」と彼は言った。壁にカレーライスの品書きが貼ってあった。「カレーライスはおいしいですか」という彼の問いに、「ご好評をいただいています」という返事があった。

三種類のカレーの昼食を心おきなく

彼は四十代の後半に入ったばかりだ。出版社の現役の編集者だ。僕とも多少のつきあいがある。仕事で会ったあとの、よもやま話の果てがカレーライスだった。

「カレーライスはよく食べますよ。僕の場合はとくに、仕事と密接に結びついてますね。いまでも覚えてるのは、二年くらい前になりますか、仕事で箱根の近くまでいき、小田急線で帰ってきたのです。お昼を食べてなくて、町田まで戻ると腹ぺこでした。町田には何度か来たことがあり、そのつど手みやげを買ったのです。駅と百貨店が合体したような建物の地下に、食料品の売り場がありますね。あそこで弁当でも買おうかと思って下りていったら、カレーライスを売っていたのです。インドの本場ふうのエスニックなカレーライスです。見たら食べたくなって、陶器のような容器に入ったのを三種類に、ナンを添えて。インドふうに淹れたと店員が言っていた紅茶も、紙カップで買ったのです」

それを持って彼はとりあえず小田急線の上りのプラットフォームに上がった。そして、そこで閃いた。各駅停車の電車に乗ってふたつだけ上れば、そこは鶴川という駅で、町田にくらべれば人の数は桁違いに少ないに違いない、という閃きだった。

「プラットフォームのいちばん先端のベンチまでいけば、そこには人はいないだろうから、ベンチにひとりすわって、ナンに三種類のカレーの昼食が心おきなく楽しめるはずだ、と閃いたのです。かつて何度か町田へ来たことがあったのが、ここで役に立ったのです。町田からの上り電車から見た、鶴川駅のプラットフォーム先端の、人のいないベンチという景色が、僕の記憶に残っていたからです」

彼は町田から上りの各駅停車に乗った。ふたつ目が鶴川駅だった。三種類のカレーにナン、そしてインドふうの紅茶の入ったビニール袋を下げて、彼は電車を降りた。おなじく下車した数人がエレヴェーターに乗ってしまうと、プラットフォームに彼はひとりとなった。彼はいちばん先端のベンチまで歩いた。

「ベンチにすわり、三種類のカレーを隣りに置き、ナンをちぎっては、今度はこのカレー、次はこれというふうに食べていくと、おいしいんですよ。楽しみましたね。カレーが三種類あったというのが、正解です。しかもインド寄りのエスニックなカレーが。食べているあいだに、上りの各駅停車が四本、来ましたかね。降りる人は少なく、ベンチとその周辺は僕ひとりのままでした。カレーの容器をビニール袋のなかにかたづけて、食後の紅茶ですよ。それまで僕は紅茶に興味がなかったのですが、このインドふうの紅茶はおいしかった。満喫した、という言いかたが、誇張でもなんでもなく、当てはまります」

紅茶を楽しむため、電車をさらに一本、彼はやり過ごした。そして次の電車に乗り、ふたつ目の新百合ヶ丘で急行に乗り換えた。

赤飯カレーは独身だ

彼とのつきあいは三十年を超えている。一介の書き手である僕に対して、彼は優秀な編集者だ。作業は緻密、指摘は的確、そして仕事は早い。現在は自分で出版社を経営して好調だ。その彼に久しぶりに会った。夕食のつれづれに、思い出のカレーライスについて訊ねてみた。経験は豊富だから、心にいまも残るカレーライスのひとつやふたつ、かならずあるはずだ、と僕は思った。

「ありますよ。思い出を越えて、僕そのものと言っていいカレーライスです。いまでもときどき食べます。妻や子供といっしょに食べますけれど、僕は独身の期間が長かったですから、そのことと密接に関連したカレーライスです。どんなカレーライスだか、作家的想像力を駆使しても、正解は出てこないと思いますよ」

と、彼は得意そうに笑っていた。

「レトルトであることは確かだよな」

と僕は反射的に言った。それ以外にはないからだ。

「そのとおりです。レトルトです。店へ買いにいくと、いろんな種類がたくさん売られています。選ぶわけではないですけれど、そのなかからひとつずつ五種類ほど買っては、残り少なくなったらまた買います。独身の男の常備品ですから」

独身の期間が長かった、と彼は言う。独身の期間とは、要するにほとんどいつも自分ひとりということであり、ひとりの自分は気ままだから、たとえば食事は、食べたくなったらいつでも食べる。なにを食べるのか。そのとき食べたいものを、食べる。

「独身の基本ですね。食べたいときに食べたいものを、食べたいだけ食べるのです。独身にはいろんな側面があって、僕自身はずうっと独身でいても、周囲の男たちは次々に結婚していくのです。結婚式に招待されます。出席します。スピーチを求められることだってあるのです。引き出物とおみやげを持って式場をあとにします。おみやげには、あの時代、ほぼかならず赤飯の折り詰めがあったのです。次の日、レトルトのカレーを温めて、この赤飯にかけるのです。赤飯は冷たいままです。カレーは熱いです。小豆がじつにいいアクセントになってくれて、いつもおいしく食べました。懐かしくも遠い独身の日々ですね」

この赤飯カレーを彼は何度も食べたという。結婚式に何度も出席した、ということにほかならない。独身の期間が長かったとは、一例として、こういうことでもあるのだ。昨日のおみやげの赤飯にレトルトの熱いカレー。それは美味だ、と言っていいのではないか。カレーのルーが甘口でも辛口でも、赤飯がそれを受けとめてくれる。

「いまでもそれは僕の好物です。たいそう好きだ、と言ってもいいですね。食べると幸せな気持ちになります。ですから、今夜は僕のメニューだという日には、赤飯カレーがしばしば登場します。おいしいですよ」

似たようなことをきっと僕は書いたはずだ。きわめて重要なことだと僕は考えているから、それは繰り返し書くに値する。中年から上の年齢の男がひとり、どこかの店でカレーライスを、昼食にあるいは夕食に食べるとき、その男を第三者からの視点で冷静に僕が観察すると、いったいなにが見えるのか、という問題だ。

ひとりの男も中年あるいはそれを越えつつある年齢ともなれば、過去のなかにカレーライス体験を数えきれないほどに持っている。もっとも早い過去は、子供だった頃、お母さんが夕食に作ってくれたカレーライスだ。

そこから始まった彼のカレーライス体験は、まずいとしか言いようのないカレーライスもごくまれにあったとして、おおむねOKの体験だった、と言っていい。振り返ると子供の頃までつらなっている彼のカレーライスの体験は、おおむねOKというじつに肯定すべきものなのだ。そしてここが大事なところだが、過去における彼のカレーライス体験がOKであるということは、彼自身もまた、子供の頃から今日ここまで、なんとかOKなものとして肯定できるということだ。

さて、前方は、どうなのか。今日、そして明日は、まず大丈夫だ。そして明日になれば、現在から見た明後日が明日なのだから、一日ずつ順ぐりに、つまりなし崩しに、前方への見通しもまた、ひとまずはOKなものとして、肯定することができる。

後方のOKと前方のOKとが、ひとりカレーライスを食する中年の彼において、じつはこのように均衡している。その均衡をやじろべえさながらに支える支点が、現在の彼だ。後方のOKと前方のOKとが均衡する中間の地点に、現在の彼がある。かろうじて、どうにかこうにか、やっとこさ、彼の現在がそこにある。

そのような現在を象徴するものとして、ひと皿のカレーライスがある。後方と前方をひとつにひっくるめて、それを現在としてとらえると、そのような現在を象徴しているのが、お待ちどおさま、と目の前のテーブルに、あるいはカウンターに、店の人が置いてくれるひと皿のカレーライスだ。

いまここにある自分は、かろうじてOKな存在として、一本のスプーンですくっては、カレーライスを食べる。だからそのカレーライスは、けっしてたいそうなものではない。たいそうなものであってはいけないのだ。かろうじてOKな現在、というとらえかたが、彼にはなにより似合うのだから。

ひと皿のカレーライスをこうして元気に食べればおいしいんだよ、腹がへった体も元気になるじゃないか、昨日も今日も、そして明日も。どうにかこうにか、やっとこさなんとかOKな、今日のいまここにある自分が、ひと皿のカレーライスを食べる。その連続が人生になるなら、それはそれでたいそう結構なことだと、カレーライスが全面的に肯定している。

立ち食いインド・カレーの店

「すわってる人がひとりもいないのに、そこはインドとは、これ如何に」

待ち合わせた夕食の店で、テーブルをはさんで向き合った友人が、いきなり僕にそんな謎をかけた。謎のなかに論理の道筋が見えない。このような場合には、理屈で対応するほかない。だから僕は、ペリエを飲みながら、頭のなかで次のような理屈をこねた。

すわっている人がひとりもいないとは、すべての人が立っている、ということだ。そこにいる誰もが立っている場所。これを理屈ではなく具象そのものとして、現実のなかに探せばいい。

立ち飲み屋。あるいは、立ち食いの店。そしてそこはインドなのだ。インドならインド・カレーだろう。立ち食いのインド・カレーの店。謎はこうしてたちまち解けるではないか。

「遠からず」

と友人は言った。そして、

「近いけれども、少しだけ違います」

と、言い換えた。

「本格的なインド・カレーが品書きのなかにある、立ち食い蕎麦の店です」

そうか、カレーライスの話だったか。この連載のために、友人は話題を提供しようと試みているのだ。

「見つけたのかい」

「見つけました」

「本格的とは?」

「辛いのです」

「ホットなのだね」

「そうです。スパイスは各種入っていますが、中心となって支えている柱は、赤唐辛子です。これが効いてます。存分に。配分は巧みです。本格的インド・カレーです」

「食いたい」

「いきましょう。案内します」

料理の注文で話はしばし中断された。和牛の赤ワイン煮の、脛《すね》肉にすべきか、頬肉にすべきか、友人は迷った。僕が脛、彼が頬。そしてそれらを半分ずつ。いいアイディアだと思うのだが、友人は反対した。

「かじり足りなかったので脛にします」

僕たちは本格的インド・カレーの話に戻った。その立ち食いの店の、ホットなインド・カレーだ。

「個人的な趣向を言いますとね。僕は頭に汗をかくのが好きなのです。赤唐辛子によって頭にかく汗です。これがいちばんいいのです」

赤唐辛子の効いた食べ物としてもっとも好みなのはインド・カレーだと彼は言う。

「食べているとやがて頭ぜんたいに汗をかきます。これもいい気分なのですが、しばらくすると首すじが濡れてきます。なぜこんなところが、と思いながら紙ナプキンで拭うと、赤唐辛子でかいた頭の汗が首すじまで垂れてきたのだ、と認識します。その瞬間の満足感が、赤唐辛子の命です」

箸、レンゲ、フォーク

「箸でカレーライスを食べたことがありますか」

といろんな人たちにきいているのだが、

「あります」

という返事にまだ出合っていない。箸でカレーライスを食べた人が、僕の周辺には、まだひとりもいないのだ。

箸には七千年の歴史があるという。全世界の人口の五分の一にあたる、十五億もの人たちが、いまも箸で食事をしているというのに。

「箸でカレーを食べるのは、さほど難しい作業ではないですね。ご飯もルーも箸で平らげることはできます。ただし、皿に残ったルーを箸で食べていくとき、箸の跡が何本もの筋となって、皿に残ったルーの薄い膜に刻まれていくことでしょうね」

カレーライスの皿に残ったルーを箸で食べようとして、薄くはりついているルーに残った何本もの箸の跡。いいではないか。その景色は充分に想像できる。

レンゲでカレーライスを食べた体験は、きいた全員が、あります、という答えだった。

友だちの家で八人がカレーライスを食べたとき、私だけスプーンがなくてレンゲでした、と言った女性がいた。実家がある場末の町の、パチンコ店の隣りの中華の店にカレーライスがあり、そこではいつもレンゲが出てきました、という報告もあった。

フォークでカレーライスを食べたことは、という質問には、箸の場合とおなじく全員が、ありません、という答えだった。

「外食するとき、カレーライスにフォークは出てこないからですよ。でも、やってみる値打ちはありますね」

という意見があった。

「箸より難しいのでは」

「ご飯にカレーを徹底的にまぶして、それをフォークですくう途中で、さらにルーをぜんたいにからめる」

「ルーにまぶしたご飯を寄せ集めるときには、箸よりもフォークのほうが有利かな」

「フォークの縁を使って寄せることができるから」

「食べていくにあたって、とにかく徹底的に、ご飯にルーをまぶすのです。ルーが完全になくなって、ご飯だけが少し皿に残っている、という状態に持っていくことができれば、楽勝と言っていいですね」

「その場合、最後のふた口、三口は、フォークでご飯だけを食べることになりませんか」

「フォークでカレーライスを食べるときの、それが正しい作法ですよ」

スーパーマーケットでアイスクリームを買うとくれる、小さなプラスティックのへらでカレーライスを食べたことが一度だけあります、という報告もあった。

「引っ越したときです。まだ荷物が全部は届いてないのに、そのことに気づかないまま、ご飯を炊いてレトルトのカレーを温めたのです。皿はありました。ご飯を皿によそい、そこに熱いビーフカレーをかけて、さあ、食べるぞ、となった段階で、スプーンもフォークも箸もないことに気づいたのです」

カレーライスには気をつけろ

街道から少しだけ引っこんだところに、その食堂はあった。食堂の左はアスファルト敷きのスペースだった。ここが駐車場だろうと僕は思い、オートバイを右の端に停め、サイドスタンドを出してヘルメットを脱ぎ、ヘルメットをそのまま持って食堂に入った。

「いらっしゃいませ」

と女性の声がした。若い女性の声だった。

近くの椅子に僕はすわり、隣りの椅子にヘルメットを置いた。声の主の女性が出てきた。黒いチーノにすみれ色の半袖のポロシャツ。気のきいた美人だった。少なくとも三歳は年下ではないか、と三十になって半年の僕は思った。

「西はこっちかい」

と指さして、僕はきいた。彼女は間を取った。じつに好ましい間の取りかただった。

「この時間なら太陽がうしろにあればいいのよ」

「自分の影を追って走ればいいんだ。田舎道を」

「田舎道でも、続くのよ」

「地蔵さんもそう言ってた」

「お地蔵さんは口をきかないでしょう」

この食堂に入ったのは正解だった、と僕は思った。初めて走る街道の、したがっていまが初めての、この食堂だ。

「田んぼの案山子《かかし》にもきいたよ」

「西のどこへいくの?」

「雲にきいてくれ」

　という僕の言葉に、彼女は涼しく笑った。

「ぽっかり浮かんでたわね」

「白い雲が」

「どこかへ流れて、いまはもう消えたわ」

「そうか」

　と僕は言った。

「そうよ」

「では、どこなのか、それも風にきいてくれ」

　彼女はまた笑った。そして、

「旅は遠いの？」

　ときいた。

「遠いか近いか。ここでしばらく立ちどまってる。とはいえ、気ままだよ。気ままではあっても、時間がくれば腹がへるんだ」

　僕のやや長い台詞に対して、

「なにを差し上げましょうか」

と彼女は言った。

「カレーライス」という僕の返答に彼女は首を振った。そしてかたわらのテーブルのメニューを手に取り、開いて僕に差し出した。

「メニューをご覧になって」

と彼女に言われて、僕はメニューを見た。

カレーライス、という日本語はどこにもなかった。カレーライスはないのかい、と言いかけた僕の視線は、ラ・ソース・キュリー、という片仮名をとらえた。フランス語の片仮名書きだ。キュリーはフランス語であり、日常の日本語ではカレーだ。

そうだ、あの地蔵さんも言っていた。カレーライスには気をつけろ、と。

くわえ煙草とカレーライス

オートバイでひとり旅をしている男性の話を書いた。田舎の街道沿いに食堂を見つけた彼は、遅い昼食のためにその店に入った。

店の若い女性と彼との会話のなかには、「花笠道中」という歌の歌詞から拾った言葉が、たくさん使ってあった。この歌は一九五八年に美空ひばりさんが歌った。僕が好いている歌のひとつだ。

店に入った彼はカレーライスを食べたいのだが、メニューにカレーライスという言葉はない。しかし、カレーライスはある。ラ・ソース・キュリーと、メニューにはフランス語の片仮名書きがしてあるだけだ。

わずか一二〇〇字の短い話だが、エッセーでも実話の報告でもないから、小説だ。書いた当人の認識としても、小説以外のものではありえない。題名は「ラ・ソース・キュリー」としよう。カレーライスの登場する小説を僕が書くのは、これでやっと二作目だ。もっと書きたいと願っている。この先一年くらい、カレーライスの登場する小説だけを書いてもいい、と思っているほどだ。

カレーライスがほとんど主役として登場する、記念すべき第一作は、二〇一六年の二月に書いた短編だ。「くわえ煙草とカレーライス」という題名だ。

一九六六年の東京・世田谷の、私鉄沿線の駅前商店街が舞台だ。二十代の男性と女性が、それぞれひとりずつ、主人公を務める。東京オリンピックからまだ二年しかたっていないのに、もはや誰もオリンピックのことなど話題にしないという、六〇年代昭和まっただなかに、くわえ煙草とカレーライスが登場する。

彼女はカレーライスとまったく関係なく暮らしているのだが、じつは料理学校を卒業して、調理師の免許は持っている。料理の腕は確かだし、感覚は鋭い。そんな彼女が、あるとき見込まれて、商店街のマーケットのようなところにある小さなカレーライスの店をまかされることになる。地元ではよく知られた、人気のある店なのだ。

男性のほうはフリーランスのライターで、この時代の僕のような人だ。実家に住んで独身で、仕事は忙しいけれど、基本的にはのんきに毎日を送っている。ふたりが知り合って間もない頃、やがて彼女がまかされることになるカレーライスの店で、ふたりはカツカレーを食べる。

その店のカツカレーを好きになった彼が、何日かあとにひとりでその店へいってみると、調理場では彼女が美しく働いているではないか。彼女がこうしてカレーライスの人であるなら、彼はなになのか。

彼は、くわえ煙草にした。彼は煙草は喫わないのだが、ふと煙草を買い、一本を唇にくわえて商店街を歩いてみたりする。その煙草をいろんな人にあげる場面は、書いていて楽しかった。

美人がひとりでカレーライスを食べる

「初対面の人でもカレーライスの話をすると、場がもちます」

と言った人がいる。

「カレーライスの嫌いな人はいないからです」

というのがその理由だった。

相手の年齢にもよるだろう。

「昔よくあった、まっ黄色いカレーライスをいま一度、食べたい」

と、三十代前半の編集者に言ったら反応は鈍く、とんちんかんだった。昔よくあった、とうかつに僕は言ったけれど、その頃に彼はまだ影もかたちもなかったどころか、彼の両親は出会ってすらいなかったのだから。

美人がひとりでカレーライスを食べているところを、まだ一度も見ていない、という話には共感が集まった。美人ひとりにカレーライスひと皿という取り合わせが、あってはいけないこと、という考えに近いのではないか、と全員の意見が一致した。

「僕は一度だけ見ています。色白で髪が長く、整った顔立ちのもの静かな女性が、スプーン一本でひとりカレーライスを食していたのです。何年か前、京都のレストランでした」

「それはお化けだ、今日もそこへいけば、おなじカレーライスを食べてるよ」

という僕の意見に、

「そういえば彼女は、お化けタイプの美人でしたね」

と、彼は言った。話を合わせてくれたのだろうか。

「日本の手軽な外食には、ひと皿ものが多いですね。カレーライスひと皿は、ヨーロッパの人たちから見ると、囚人のイメージです。囚人が言いすぎなら、じつに嫌な団体生活のイメージですね」

という意見があった。

百円カレーののぼりが貧相な街頭にはためく日は近いようだ、という僕の予測には賛否両論だった。

「それをやったら、日本はおしまいです」

という意見には、

「豚汁百円、というのぼりを私は見たわ」

という事実観測があった。彼女によると、いまいちばん安いカレーライスは二百七十円だという。

「いつもカレーライスを出している、ちゃんとした店の、たとえばなにかの記念日に、その日だけ百円でカレーライスを供する、というのはすでにあります」

と語った三十代の女性は、次のような話をしてくれた。

「私がまだ三歳の頃、昨日はなにを食べたの、と友だちのお母さんにきかれて、カレーライス、と私は答えたのです。お母さんのカレーはおいしいの、とさらにきかれた私は、煮た袋を開けてご飯にかけるの、と答えたのです。三歳ですよ、立派でしょう」

東京でいちばん安いカレーライス

ひと皿が百円のカレーライスが東京のどこかに登場する日を僕は待っている。百円カレーだ。

「百円は無理です」と断言する友人がいる。確かに何でも値上がりしている。あるチェーン店の外に立つのぼりで、百円の豚汁というのを見た。一杯目は百三十円で、お代わりの二杯目以降が百円の豚汁だったか。百円の豚汁から百円のカレーまで、あと二歩くらいではないか、と僕は思う。

僕が知っているかぎりでは、東京でいちばん安いカレーライスは、学生食堂や社員食堂を別にすると、ひと皿が二百七十円だった。二百五十円を下まわって、たとえば二百三十円のカレーライスが、どこかにあるのではないか。

「松屋のビーフカレー六百八十円、ＣｏＣｏ壱番屋のポークカレー五百九十一円のように、六百円前後がスタンダードです」

と説く友人もいる。六百円に近づくにつれて、高い、という意識がはっきりしていくそうだ。

四百七十円のカツカレーが存在した。限りなく薄いカツのカレーライスだが、

「四百七十円はかならずしも安くはないです。安く食ってる、という気はしません」

とその友人は自信を持って言う。

数日前、チェーン店のウィンドーの料理サンプルに、カレーセットというものを見た。カレーライスに蕎麦ないしはうどんのどんぶりが、セットになっている。カレーライスの丸い皿の半分はご飯、あとの半分がカレーのルーで、ご飯の白さの縁に赤いものがひとつまみ添えてある。考えるまでもなく、これは福神漬けだ。

五百六十円のこのセットには、季節の風情として桜の造花が添えてあった。

「ウィンドーに出る料理サンプルの、値段における上限です。この額を超えると、もうウィンドーには出ません」

と友人は自説を述べた。

僕が好きなカツカレーは千四百八十円だ。小さな店に夕方五時の開店と同時に入り、文句なしにおいしいカツカレーをカウンターごしに受け取り、あっと言うまに食べてさっと店を出るといまの季節なら外はまだ明るい、といったことすべてを含めた値段に、満足感は充分にあった。

東京からさほど遠くない観光ホテルのチキンカレーは消費税込みで二千五百三十円だ。東京の老舗ホテルの海老カレーが二千六百円。都南のホテルのキーマカレーが二千四百円だ。二千円台のカレーライスがホテルを中心に定着している、という印象を僕は受ける。

安倍晋三元首相が食べた三千五百円のカツカレーを、ある新聞は高級カレーと書いた。カレーライスも三千円を超えると、高級、という形容詞をつけていいようだ。伊勢海老と鮑を使った一万円のカレーが東京にあり、三日前の予約でひと月に百食は出るそうだ。

ロンドンのインド料理の店には三十万円のカレーがあったという。話題作りのための特別メニューだとは思うけれど。

カレーは珈琲を呼ぶか

紅葉の季節が始まる前の京都で、友人とふたり、喫茶店での夕食となった。京都では喫茶店の食事が楽しい。その日の夕食は美味なビーフカレーだった。僕たちは堪能した。

「カレーライスを食べたあとは、なぜか珈琲を飲みたくなりますね」

と友人が言った。

「いまこうして飲んでるじゃないか」

「カレーだけでこの店を出たら、かならずどこかの喫茶店に入って、一杯の珈琲ですよ。だからいま、ここで飲んでるのです。カレーは珈琲を呼ぶのでしょうか」

「なにかあるね。つなぐものが」

「気持ちの問題でしょうか」

「カレーに対する満足感が、珈琲への期待を生む」

と僕は言ってみた。

「たったいま食べたカレーを過去だとすると、すぐ目の前のこととはいえ、珈琲は未来です。過去と未来が気持ちのなかで均衡していますす」

「いいことを言うじゃないか」

「こうして珈琲を飲んでこそ、両者は均衡するのですから」

友人の言葉を受けとめて、僕はしばらく考えた。そして次のように言った。

「カレーライスに満足したあとは珈琲を飲みたくなるということを、きわめて端的に、文字数少なく、言葉にできるかな。小説のタイトルにもなりそうなフレーズとして。カレーライス、あるいはカレー、そして珈琲。このふたつを結びつける。もちろん、カレーが先に来る」

「カレーだから珈琲。カレーそして珈琲」

「だから、あるいは、そして、という言葉で、カレーと珈琲とがつながっている」

今度は友人がしばし考えた。やがて彼が言ったのは、

「つなげようとしては、いけないのです」

というひと言だった。

「さっきカレー、いま珈琲。意味としては、あるいは気持ちとしては、こういうことにつきます。気持ちの上ではひとつにつながっているのは当然なのですが、言葉の上ではいったん切ってみては、どうですか」

「カレー、というひと言。そして、句点かい。カレー。となるね」

「そのとおりですよ。そのあとに、珈琲が来ればいいのです」

「カレー。そのあとに珈琲」

「あとひと押しです。そのあとに、という言葉を、なにかに替えればいいのです。いいお手本があります。主として東京のカレーと珈琲の現状をガイドするムックの題名がお手本です」

その題名は、『カレー。で、珈琲』だという。

「カレー、でいったん切っておき、つなぐひと言は、で、というひと言に、読点ひとつです」

カツカレーの夕べ

会社で働く日本の男たちに大人気という店で、友人とカツカレーを食べた。いきましょうよ、と彼に誘われたからだ。

注文したカツカレーがテーブルに届いたとき、

「これは人気メニューですか」

と、僕はウェイトレスにきいた。

「はい、たいへんな人気です」

「女性は食べますか」

「いまでは女のかたも盛んに」

と答えた彼女は笑っていた。

「カツカレーにジェンダーがあるなら、それは雄だよ」

と僕は友人に言った。

サラリーマンにとっての札所のなかでひときわ大きな霊場だと言っていいこの地区にある店でカツカレーを食すると、僕の口をついて出てくる理屈は次のようになった。

「理屈を言っていいかい」

「それを楽しみに待ってました」

「いまではお昼に女性も盛んにカツカレーを食するとは、女性が男社会に進出したということだ。彼女たちは男のようになるんだ。女性そのものとして生きる道は、男社会によって閉ざされている。カツカレーのジェンダーが雄であるとは、カツカレーは日本の会社男たちの食生活そのものだということだ」

「早くも名調子ですね」

カツカレーを口に流しこみながら、友人が応じた。だから僕は続けた。

「東京を視点にして考えると、彼らは日本のいろんなところから、東京の大学へと出て来る。早くもこの段階で彼らは社会から切り離されている。就職とその試験で選別されて彼らはさらにばらばらとなり、配置や配転を繰り返してもっとばらばらになり、おなじ会社で働く男たちは、上の連中、下の奴ら、同期のあいつ、二年下のこいつ、などと呼ぶ関係でしかない。かろうじて今日は大丈夫という日々のなかで生産性は低く、お互い切り離されきった彼らは根源的にロンリーだよ。その様子は、社会などどうでもいいという日本の会社の方針の体現であり、一皿盛りのカツカレーは、彼らのそのような様子によく似合ってる。以上のような意味で、さきほども言ったとおり、カツカレーのジェンダーは雄なんだ」

深くうなずいた友人は、うれしそうな笑顔を僕に向けた。そして、

「いまの僕たちは、ものの見事に、まさに、正真正銘、共食いですね」

「光栄だと言わなくてはいけない」

「ほんとですよ」

「店の場所が違えば、僕の話題も違ってくるだろう。私鉄沿線の、郊外の地元で人々に愛されて何十年という店で、早めの夕食にカツカレーなら、フランス語でカツカレーをなんと言えばいいのか、というような話題になる可能性は充分にある」

「まずカレーは、フランス語だと、キュリーでしょう」
というようなのんきなカツカレーの夕べだった。

東京カレーライス風景

『東京22章』という本を二〇〇〇年に僕は作った。東京の景色を撮った写真と、それに添う短い文章で二十二章を構成した本だ。久しぶりにその本を見たら、二十二章のひとつが、「いたるところのカレーライス」という題名で、東京のカレーライスについての短い文章があり、四点の写真が添えてあった。

「今週のおすすめ　ランチ　カツカレー¥900」と、チョークで手書きして椅子に置いた黒板。どこかの店のウィンドーのなかの料理サンプルでカレーライスは五百円、しかし珈琲あるいは紅茶をつけると七百円だと、サンプルに添えた札に手書きしてある。おなじく、どこだったかまったく覚えていない店のウィンドーのなかの、カレーライスのサンプル。丸い皿の左半分にご飯、右側にカレーのルー。肉の断片がルーのなかに八個あって六百円、いい雰囲気だ。

僕にとって東京のカレーライスには三とおりある。ひとつは食べるカレーライスだ。たいそう気に入ったカレーライスを供する店が二軒ある。どちらかで今日ぜひ食べたいと思うほど気に入っている。いまひとつは、愛でるカレーライスだ。とおりかかった店のウィンドーにならべてある料理サンプルのなかのカレーライスだ。これを目で見て鑑賞する。友人が一緒なら感想を述べ合う。

そしてもうひとつのカレーライスは、写真に撮る被写体としての、店のウィンドーのなかのカレーライスだ。『東京カレーライス風景』という題名の写真集を作りたい。涙なしには三ページと繰れない本となるだろう。このようなカレーライスが、ほんとに東京のどこにでもある。どれもみないい雰囲気のなかで、それぞれの持ち味を出している。

なんとかまだ営業している古い店の、手入れはまったくされていないウィンドーのなかの、埃を存分にかぶったカレーライスを、僕は夢見ている。ご飯はもはや灰色の体積物であり、傾いたままの皿のなかで時間をかけて低いほうへとカレーのルーは変形し、皿の縁から突き出たのち、下に向けて垂れ始めているというようなカレーライスは、日本のなにごとかを確実に体現している、と僕は思う。

日本蕎麦の店でまっ黄色いカレーライスを撮りたい、とも切実に願う。丼物に使う丼にご飯がよそわれ、その上に黄色いカレーが分厚くかけられる。その黄色のあちこちには緑色のグリーンピースが、あるものはカレーの表面にくっつき、あるものはカレーになかば埋まって、観念している、というようなカレーライスが、どこかの店のウィンドーに、まだあるだろうか。ひょっとしたら、これはもう手遅れかもしれない。

僕が東京で撮る景色の写真は、どこであれそこに生きる人の人生時間の経過を物語ってあまりある、具体的な証拠物件としての写真だ。経過した時間と、そこで生きた人の日々は、かならずや景色を作り出す。それを僕は写真機で拾い歩く。

カレーライス小説を考える

自分が書く小説のなかで、僕はカレーライスをなんとかしようとしている。小説のなかでカレーライスをなんとかするとは、カレーライスがなんらかのかたちで重要な役を果たす物語を書く、ということだ。今年の春先から、僕はこれを本気で考えている。ざる蕎麦やカツ丼ではなく、カレーライスだ。わかりやすくするためにごくおおげさに言うなら、カレーライス小説を個人的に確立させたい、と願っている。

カレーライスが登場する短編小説を春先から現在までの期間のなかで、四編書いた。最初に書いたのは「くわえ煙草とカレーライス」という題名で、カレーライスを食べる人がある日を境にして、カレーライスを作る人になってしまう、という物語だ。くわえ煙草を小説のなかに成立させるためには、物語の時代背景を一九六〇年代の後半に設定する必要があった。

次に書いたのは「青林檎ひとつの円周率」という題名のものだ。出身地の広島で母親が営んできたカレーライスの店を、東京の新聞社の文化部で仕事をしている娘が引き継ぐため、会社を辞めて広島へと帰る話だ。

三つ目の短編は「春はほろ苦いのがいい」という題名で、三十歳のふたりの女性が主人公だ。ひとりはコミックス作家で、もうひとりはその親友の編集者だ。鯨の缶詰をいくつも買ってきて、かたっぱしから食べてみる、ということをある日の夕方、ふたりは試みる。ふたつが限度ではないか、などと言いながらふたりは食べる。鯨肉を使ったカレーライスの缶詰がふたつ買ってあるから、夜食にご飯を炊いてひとつずつ食べようね、とふたりは語る。物語の背景の、ほんのちょっとしたところにカレーライスがある、というかたちで、このようにカレーライスが登場する。

以上の三編は小説雑誌に発表されて活字になった。四編目がすでに出来ている。二十年という時間をへて、いまここにあるこの現在としてのカレーライスにふたりの男性が到達する、という物語だ。二十年間の出来事に関して、ひとりはよく知っているけれど、もうひとりは知らないから、知っているほうの男性がすべて語って聞かせると、ふたりはやがてどちらも現在の上に立たざるをえない、という展開だ。

五編目のカレーライス小説を、ほぼ考え終えたところだ。細部を整えてあとは書くだけだ。内容をひと言で説明するのはかなり難しい。あるひとりの男性が、おなじ日に、おなじ喫茶店で、おなじ上出来のカレーライスを二度食べる、という基本構造にどのような物語が寄り添うのか、という思考上のパズルを僕はひとりで解いた。このような言いかたをしておこうか。

さて、六編目のカレーライス小説を、どこに見つけてどのような短編小説にするのか。心づもりはまったくない。完全なゼロの状態だ。カレーライスよ、小説を連れてこい、などと僕はいまひとりで笑っている。

2 餃子ライスはひとりで食べる夕食の幸せ

どしゃ降り餃子ライス

神保町に夜が始まろうとしていた。六月の平日、地下鉄A7の階段を降りていくとき、佐伯由紀彦は男性の二人連れとすれ違った。ふたりともサラリーマンだった。いっぽうの男が言ったことが、すれ違った佐伯にも聞こえた。

「こりゃあ雨になるね。夜のまだ早い時間に」

佐伯は左手首の時計を見た。夕方の六時三十分をまわったところだった。地下の通路を都営新宿線へ歩き、改札を入った。雨傘を持っている人が目についた。佐伯は手ぶらだった。都営新宿線を新宿で降りて小田急の改札へ佐伯は歩いた。そしてその改札を入り、各駅停車の電車に乗った。空席に彼はすわった。電車はやがて発車した。地上の屋外に出てから、彼は隣りの席のガラス窓をなかば振り返った。雨はまだ降っていなかった。

彼の降りる駅は六つ目の下北沢だった。彼はその駅で降り、駅舎の内部にある階段を上がり、そこで改札を出て南口へむかった。南口の階段を降り、名店街の前から南口商店街へ入った。人どおりは多かった。この人どおりのなかに雨の気配はあるだろうか。どこがどう雨なのか。

神保町の地下鉄の入口ですれ違った男は、やがて雨になることに関して、自信を持っていた。自分にはまるでわからないことだ、と思いながら南口の商店街を歩き、商店街のなかばを過ぎたところで、ふと右への脇道へ入った。餃子の店はその脇道に入ってすぐ右にあった。

ガラスのはまった木製の引き戸を佐伯は開いた。繁盛している店の空気が早くも自分を包むのを、彼はうれしく思った。

「いらっしゃい!」

男の声が左側にあるカウンターのなかから言った。その男にむけて、

「餃子のテイクアウトはできますか」

と佐伯は言った。

「できるよ」

「餃子を二人前」

「あいよ」

「ご飯を一人前」

「白いご飯を一人前」

と男は言い、カウンターを示した。

「すわって待っててよ。すぐに出来るから」

カウンターの空席に佐伯はすわった。店の女性がお茶を彼の前に置いた。佐伯は礼を言った。茶を飲みながら餃子を待った。おなじ女性がやがて半透明のヴィニールの袋と、そのなかに入れたものを掲げて、佐伯のところへ来た。

「餃子の二人前に白いご飯の一人前」

と男は言い、佐伯に笑顔をむけた。

「タレは自分で作れるね」

「作ります」

「だから入ってないよ」

という男の言葉にうなずいて、佐伯は支払いをした。この餃子の店は山根美也子に教えてもらった。すでに何度か、一緒に食べてもいた。しかしテイクアウトをするのは今日が初めてだった。

店を出た佐伯はふたたび南口の商店街を歩いた。商店街を出はずれてなおも行き、ふと右の上り坂に入った。坂を上りきると鎌倉通りで、佐伯はそれを越えて高台のほうの代田《だいた》に入った。

敷地が五十坪に満たない小さな一軒家だった。母親が手に入れた。生け垣や玄関の常夜灯のほの暗さに、佐伯はまだなじんでいなかった。鍵は持っていた。常夜灯のなかで鍵を使い、ドアを開いた佐伯はスニーカーを脱いで板の間に上がった。

佐伯はキチンに入った。ここはほとんどやりかえたと言ってよかった。美也子の注文をリフォーム業者から来た女性が図面にした。佐伯がノートブックにかいた美也子の注文を、リフォーム業者と確認した。キチンだけは新品に近い状態だった。

キチンに餃子を置いた佐伯は自分の部屋へいき、着替えた。チーノにTシャツ、そして素足という姿でキチンに戻り、大きなフライパンに十四個の餃子をならべた。二人前は十四個だ。平たい皿にご飯を移した。平たくご飯を整えた。スープをひと袋、引き出しから取り出し、開封してなかのものすべてを、椀のなかにあけた。沸騰したお湯を注ぐと、やがて美味しいスープの出来上がりだという。具はワカメだった。

醤油。酢。辛油。それぞれをガラスの瓶から、小さな丸い皿に移した。かつてもっと大きな皿で試してみたのだか、大きい皿は間違いだった。いまは直径一〇センチ弱の丸くて白い皿だった。高さ一センチの壁が、垂直に近く斜めに立っていた。その壁の外側には、赤い色で細かい模様がつけてあった。

フライパンの餃子は焼くというよりも温めるものだった。すぐにそのような状態となり、考えていたとおりの夕食がテーブルに揃った。

雨の音に佐伯は気づいた。確かあれは雨の音だと思いながら、彼は隣りの部屋へいってみた。南に面したガラス戸の外はごく小さい庭だった。木製のヴェランダが雨に叩かれていた。美也子の注文に応じて作ったヴェランダだった。ガラス戸を開けるとその小さなヴェランダに出ることができた。新しいヴェランダだけではなく、あらゆる物が激しい雨に叩かれていた。その様子をしばらく眺めたあと、彼はキチンへ戻った。板のフロアの下には、地面に届きそうなほど深く、貯熱材が敷いてあった。その効果は寒くなってみないとわからない。いまは佐伯の素足に、新品の板の間の感触が心地良かった。

餃子二人前、白いご飯、そしてワカメスープの夕食を、佐伯由紀彦は食べた。自分で混合した醬油、酢、辛油は、白く丸い小皿のなかで、これ以上にはなりようがないと断言できるほどの出来ばえだった。スープは塩味が強いのかと思ったが、そんなことはなく、塩は控えめだった。碗に入れたとき、ワカメは黒く小さいものだったが、熱い湯のなかでそれぞれが大きく開いた。

食べているあいだずっと、彼は雨の音を聞いていた。雨は強く降り続けていた。彼はお茶を淹れた。母親が茎茶しか飲まなかった。その影響で彼もお茶は茎茶だった。大きなマグに三分の二ほどのお茶を作った。それをひとりで半分ほど飲んで、彼は立ち上がった。マグを持って隣りの部屋へいき、激しい雨に打たれているガラス戸の内側に立った。こうしてガラス戸を一枚隔てているだけで、自分はこのとおり雨に濡れずにいることを、彼は思った。

美也子が注文した軽いガーデン・テーブルとその椅子が二脚、ガラス戸近くに寄せてあった。美也子が注文し、彼がこの家で宅配便を受け取った。マグをテーブルに置き、椅子を一脚だけテーブルとむきあう位置に置き、佐伯はその椅子にすわった。

木材を使った、まだ新品のヴェランダを雨が叩くのを、彼は見た。美也子は何日かかけて、この一軒家を点検した。それが二日前に終わった。やがてふたりはここに住む。雨を受け止めているヴェランダを見ながら彼は熱い茎茶を飲んだ。

珈琲にしましょうか

佐伯は冷えはじめた珈琲を飲んだ。その喫茶店のテーブルのむかい側では、漫画週刊誌の編集部にいる村田という男性が、佐伯の書いた原稿を読んでいた。佐伯は二十七歳で、村田は五、六歳年上だった。村田は原稿を読み終えた。

「よし、これでいい。面白い。これをこのまま使う」

三十三枚の二百字詰めの原稿用紙をテーブルで揃え、それを縦にふたつに折って、村田はジャケットの内ポケットに入れた。十五字詰めで書いたから、十六字のところに鉛筆で線が引いてあった。それが三十三枚だ。漫画週刊誌の読み物のページに掲載される。四百字詰めの原稿用紙に換算すると十二枚ほどになった。

「冷えた紅茶はうまいねえ」

そう言って村田はアイス・ティーを飲んだ。

「入稿するのは明日の午前中でいい。これから、きみは、どうするんだ」

「自宅へ帰ります」

「まだ早いのに。夕飯は？」

「ひとりで食べます」

村田はうなずいた。

ふたりは喫茶店を出た。待ち合わせにここを指定したのは村田だった。店の外で村田は、

「この次はぜひ連れていくから」

と言い、ふたりはそこで別れた。

靖国通りを西へ歩き、佐伯は南へ入った。すずらん通りを越えてさらに南へいき、直角に交差する手前に、餃子の店があった。カウンターの奥に空席があり、そこにすわった佐伯は、餃子はあるかと店の女性にきいた。ある、という返事だった。その餃子を二人前に白いご飯、そしてワカメスープを、佐伯は注文した。

丸い小皿がすぐに届いた。それに彼は醤油と酢を入れ、カウンターに出ている小瓶から、辣油とその固まりを、添えてある小さな匙にすくいとり、加えた。そして割り箸を二本に割り、小皿のなかのものぜんたいをかき混ぜた。

佐伯は由紀彦という。生まれたばかりの彼をあやしていた父親が、ふと見ると粉雪が降っていた。それだけの理由で、佐伯は雪夫になるはずだったが、母親が反対した。彼女の

提案を入れて、佐伯の名は由紀彦になった。

二人前の餃子と皿に平たく盛りつけた白いご飯、そしてワカメのスープを、佐伯はたいらげた。

支払いを済ませて店を出た彼は、地下鉄の入口にむけて、裏道を歩いた。いつもの経路だった。地下鉄の階段を降り、新宿線に乗ると、すぐにターミナル駅だった。ここもいつもの経路どおりに歩き、私鉄の各駅停車の改札を入った。電車はすでにプラットフォームに入っていた。八輛連結の電車だ。電車に沿って歩いた彼は、いちばん前から二輛目の車輛に入った。そして空席にすわった。いつも持ち歩いている、マチ幅のごく小さい、黒いナイロンのブリフケースを、両膝の上に横たえた。いちばん前から二輛目に乗ろう、ときめているわけではなかった。停止している電車に沿ってプラットフォームを歩いていき、このあたりにしようと彼の体がきめると、そこはいちばん前から二輛目だった。

六つ目の駅で佐伯は電車を降りた。狭いプラットフォームを歩き、階段を二階へいき、そこで改札を出て、北口へと向かった。そして北口の階段を降りた。ここから歩いて七、八分のところに、両親ふたりと住む自宅があった。

北口から狭い商店街の道をいき、最初の交差点を左に入ってすぐに、山根美也子が働いているバーがあった。建物の端に階段があり、「ブルー」という店名を記した看板が、階段を上がった突き当たりの壁にかかっていた。店名は階段の下からでも読むことができた。
店の四角いスペースをカウンターが囲んでいた。美也子はいちばん奥のカウンターにいた。だから佐伯はそこへ歩き、

「いらっしゃいませ」

と言う彼女の笑顔に導かれて、席を取った。

「いつものウィスキーを」

「シングルで」

佐伯は彼女にうなずいた。

そのウィスキーはすぐに彼の手もとに出て来た。

「なによりだ」

「餃子を食べたでしょう」

「匂うかい」

「構わないのよ。私も好きだから」

「一日の終わりのひとり飯。餃子ライスにワカメのスープ」

「いい時間だったでしょう。それをそのままここに延長するといいわね」

「延長してる。だからいま僕はここにいる」

山根美也子は佐伯と高校の同級生だ。一年から三年までおなじクラスで、親しく会話したのは三年生の秋になってからだ。学園祭が十月の最初の週におこなわれた。三年生たちが中心になっておこなう舞台活動で、佐伯たちのグループが引き当てたのは、最後の舞台からふたつ手前の四十五分、という時間だった。

ぜんたいの題名は、何回かの協議の果てに、「歌謡曲のLP　ひっくり返してB面」と決まった。四十五分を三つに分け、そのうちのひとつを佐伯が担当した。担当とは、この場合、自分は舞台に立つことはない代わりに、舞台で歌う人たちの全責任を負う、というものだった。三人の女性が揃って歌うことになり、その三人のひとりが、山根美也子だった。三人はなにか一曲だけ、歌わなければいけなかった。佐伯を加えた四人で放課後に何度か話し合い、「銀座カンカン娘」に決まった。練習は佐伯の自宅でおこなわれた。三人の女性が何度か歌い、これでいいかな、となったとき、佐伯が歌詞を逆にすることを思いつき、三人に提案した。三人とも佐伯の案に賛成した。「銀座カンカン娘」は、ザンギンカンカメスム、となった。ガレコノザンギンカンカメスムとか、イケトテメガナワソワソヤニヤニ、あるいは、ガレコノザンギンカンカメスムなどと、三人は軽快に歌った。バンドは学校のブラスバンドからのピックアップとなった。三人のリズムにギターとテナー・サックスが加わった。テナー・サックスは女性だった。このバンドは四十五分ぜんたいに演奏をつけたから、出ずっぱりとなった。

歌詞のなかに、「赤いブラウス　サンダルはいて」という部分があった。サンダルは赤、青、黄色と三足、下北沢の靴屋で三人が試し履きした上で、買い整えることができた。ブラウスは赤い布をえらんで自作することになった。採寸から裁断そしてミシンがけまで、山根美也子が受け持った。ミシンは佐伯の自宅にいいのがあり、ミシンがけに関しては、佐伯の母親が美也子につくことになった。採寸から最後のミシンがけまで、美也子は腕前を発揮した。美也子は洋品店の娘だった。

「あれは見事なものだったわね。私は感心して見ていたのよ」

と、佐伯の母親は言った。

「銀座カンカン娘のことを思い出していた」

「いまでも歌えるのよ。ヨママワザンギノシタワルグンジャというのがあったわね」

歌詞の部分だけ軽く歌いながら、美也子が言った。

佐伯のうちに来てミシンを使ったとき、山根美也子は佐伯の母親に、絶大な信頼を勝ち取った。

「父から仕込まれたのよ。もっとも大事なのは手際ですって」

そう言った美也子は、

「お母さまはお元気？」

ときいた。

佐伯は美也子の正面を見ていた。自分は近いうちにこの女性と結婚するだろう、と佐伯は思った。いま彼女が勤めているこのようなバーの募集に美也子のような女性が応募したなら、たいていの人はその場で採用を決定するだろう。その美也子のひと言をきっかけにして、佐伯はひとしきり母親のことを思った。

佐伯由紀彦の母親の旧姓は佐治百合江という。生まれたときから現在まで、ここしか知らないと自ら言う、地元の人だ。思いがけないところに友人が何人もいる。外を歩いているときに呼びとめられることが多い。友人たちのなかで特別なのは佐藤登美子という女性で、彼女とは小学校から高等学校まで、おなじ学校であるばかりか、クラスまでおなじだった。出席簿では佐治百合江の次が佐藤登美子だった。中学二年のときには、佐治と佐藤のあいだに佐田という男性がいたのだが、転校していなくなり、佐治の次は佐藤に戻った。

佐藤登美子の父親はごく小規模な不動産店をひとりで営んでいた。バス停のある表通りへ出たところに、小さな事務所を構えていた。もっともいいときには、このちいさな事務所に事務員が三人いた。あるとき彼は囲碁の魅力にとりつかれて不動産はおろそかになり、事務所は開店休業のような状態が何年か続いた。

その不動産業を盛り返したのが娘の佐藤登美子だった。登美子は最初から佐伯の母親に相談し、事務所はふたりで営むことになり、佐伯の母親は真剣に佐藤登美子の片腕となった。不動産業は次第に好転し、佐伯が大学の二年生だった秋から、彼の母親は定期的に事務所に出ることとなった。そうなってからすでに五年を越えているのだ、と佐伯は思った。

二か月前のことを佐伯は思い出した。雨の降る五月の平日だった。ふたりそれぞれに傘をさし、自宅から歩いて五分のところにある一軒家に、佐伯は案内された。一軒家は空家だった。玄関の鍵は母親が持っていた。ドアを開いて靴を脱ぎ、板の間に上がってから母親は振り返り、

「私のもの」

と言った。

「買ったのよ。建物は無料、土地だけの値段。しかもその値段は、業者間の内密の値段だから」

「これで確か三軒目だよね」

「私の趣味みたいなものだから」

最初の一軒は二年ほど前だったろうか。自宅のある道から一本だけ西へいったところの東南の角地だった。五十坪にわずかに満たない土地を、北隣りの人が欲しがった。建物を

壊して敷地ぜんたいを庭にすると、東南の角地でしょう、日当たりが良くって、ぜひつなげたいのだ、とその人は言った。「譲って。お願い」と佐伯の母親は合掌された。

二軒目の家を母親が手に入れたのは、一年前だった。自宅から歩いて数分のところに小学校があり、その小学校から道をはさんだ東側だった。その人には小学三年の女のこがいて、これまでは自宅から学校まで十五分ほど歩いていたのだ、ここなら自宅から校舎に入るまでに三分とかからない、ということだった。その人は登美子の親族でもあった。

「二軒ともすぐに手放したよね」

「これが三軒目。三度目の正直だから」

「さしたる感銘は、ないかな」

「なんと言っても一軒家よ」

「あちこち古く傷んでいるかな、という気がする」

「ここに住むなら、直すところはあるでしょう」

「誰か住むの？」

「貸してもいいし」

と言った母親は、言葉を続けた。

「あなたにお嫁さんが来たら、ふたりでここに住む、という可能性もあるわね」

「家賃はただかい」

「そういうことになるかしら。光熱費は請求するかもしれないわね」

この三軒目の一軒家については、佐伯はまだ美也子に語っていなかった。語れば、美也子は、一軒家を喜んで受け入れるだろう。それでは重ねてのお願いになる、と佐伯は考えていた。最初に思ったのは、引き換えという言葉だった。引き換えではない、と考えた佐伯が次に思ったのは、念押し、という言いかただった。そして念押しよりさらにふさわしい言葉は、重ねてのお願い、という言いかただと、彼は思っていた。

僕と結婚してくれませんか、と佐伯が美也子に言ったことはまだない。ふたりが間もなく結婚することは、しかし、周囲の誰もが承知していた。いつなの、ときく人もいた。いつとは、美也子との結婚式のことだ。僕と結婚してくれませんか、と言い出せずにいる理由はただひとつ、佐伯の収入が安定しないからだ。

彼は大学を卒業した次の年から現在まで、フリーランスのライターだ。フリーランスとは、どこにも所属せず、したがって彼に給料を支払ってくれる人はどこにもいない、という意味だ。そしてライターとは、あちこちの雑誌に書くいろんな文章の、原稿料だけが収入になっている、という意味だ。

おなじような年齢のサラリーマンの実例を、手近なところからいくつか集め、その収入を平均すると、彼の月収よりも彼らのほうが高いときもあれば、低いときもあった。彼の収入は一定しないのだ。このことについては、すでに美也子と話し合っていた。

「いいじゃないの、低くたって。高いときもあるんでしょう。平均すれば、同年配のサラリーマンは越えているのよ」

と美也子は言っていた。

「平均すればと言ったって、ごく単純な足し算と割り算だけだよ」

「いけないの？」

収入は安定しなくてもいい、と美也子は言っていた。家賃の必要のない一軒家のことをそこに持ち出せば、安定しない収入を認めてもらったついでに、家賃が必要ない家に住むんだという、重ねてのお願いとなりはしないか。

美也子は、カウンターで僕の右隣にいるふたり連れと話をしていた。女性のほうが美也子と盛んに喋り、男性がそれを聞いてときたまうなずいていた。やがて美也子は佐伯の前に来た。

「私は十一時までなのよ」

「いいよ」

「いっしょに出たいわ」

彼はうなずいた。

「二時間あるわね」

「構わない」

彼は現在の美也子について思った。ＪＲ四ツ谷駅からすぐ近くの小さい会社に彼女は勤めていた。朝の十時から夕方の五時までだ。勤めを終わると彼女は丸ノ内線で新宿に出る。そこから小田急線の急行で下北沢へいく。下北沢で駅の南口の階段を降り、名店街の前を歩ききると、そのむかい側、少しだけ奥に入ったところに、看板の出ていない小さな洋食の店がある。そこで彼女は夕食を食べる。夕食を終えた彼女は駅へ戻り、北口へいき、階段を降りて右側の商店街に入る。最初の角を左に曲がってほんの少しだけいくと、このバーのある二階建ての建物だ。

その美也子が佐伯の前へ来た。そして、

「珈琲にしましょうか」

と言った。

この店では珈琲も出す。

「ぜひとも」

と佐伯は言った。

美也子は彼から見えないところに移動し、そこで珈琲を淹れた。手際の良さを彼が想像していると、木製のトレイに一杯の珈琲を載せて、美也子はあらわれた。

「お待ちどおさま」

と言って彼女はその珈琲を彼の手もとに置いた。

「時間をかけて、ごゆっくり」

と美也子は言った。

ブラジルの豆だということは、彼にもわかった。時間をかけて、と彼女は言ったが、一杯の珈琲にかけることのできる時間は、限られていた。一杯の珈琲は終わった。そして彼は待った。やがて十一時になった。店の出入口から彼女は僕を呼んでいた。彼はカウンターを降りた。

ふたりはバーのある建物を出た。そのまま商店街をいき、おだやかな上り坂を一度だけ右折した。道は平坦になり、間もなく下り坂となった。

「したいでしょう」

と普通の声で美也子が言った。

「したいです」

と答えるほかに、彼には言葉がなかった。

「私もよ。今度はいつ、してくれるの？」

「土曜日に」

「今週のね」

「部屋を予約したら、かならず電話をする」

「午後二時前後に、あのホテルのお部屋へいけばいいのね」

「電話する」

坂道の途中に神社があった。その暗い前をとおりすぎると、下り坂は急になった。坂を下りきると、一番街という商店街と直角に交差した。道を越えたところに上り坂の入口があった。美也子はこの上り坂を上がるのだ。

「それでは。僕はここから歩いて帰る」

と言った佐伯に、

「おやすみなさい」

と美也子は返事をした。そして道を渡り、上り坂の入口の左にある建物にさえぎられて、その姿はすぐに見えなくなった。

「ノックは無用」と目の高さに貼ってあるドアを、佐伯由紀彦は開いた。机と椅子がたくさんあり、どの机の上にも資料その他の書類が雑然と、しかも大量にあった。主としてガイド・ブックを編集する編集部だ。

編集部には三人の女性がいた。いちばん近くで机に向かっていた女性が顔を上げてごく淡く笑顔になり、自分の背後を示した。

笑顔を返した佐伯は彼女の背後へ歩いた。奥の壁に沿ってフロアから天井まで仕切りをいくつかつなげて立てて、別室としていた。まんなかにドアのある仕切りが立っていた。

佐伯はドアをノックした。

「どうぞ」

と男性の声で返事があった。佐伯はドアを開いた。

六人がすわれる長方形のテーブルがあり、そのいっぽうの端に野村大介がすわっていた。

野村は佐伯より十歳年上で、国内のガイド・ブックぜんたいの編集長をしていた。『御所南』と題されたA5判の本を見ていた。表紙だけは実物と見紛《みまが》う出来ばえだが、あとは所定のページ数になるよう、紙を綴じただけのものだった。

「ようこそ」

と野村は言った。野村の斜め前に佐伯はすわった。

「たったいま沢田くんから電話があった。神保町の地下鉄を出たところだそうだ。まっすぐここへ向かう、と言っていた。今日は四人にお目にかかる。渡辺くんは用事があって来られない。この五人でチームを作って、『御所南』の仕事を完遂してもらう。まず佐伯くんと沢田くんに会う、時間差で栗木くんと橋本くんに会う。今日、いまから、チームが正式にスタートする」

御所南とは、京都御所の南にある一角だ。御所のすぐ南を東西にのびる丸太町通を北限に、南は御池通、そして東は寺町通で西は烏丸通だ。野村が見ていた仮の本の表紙にある文句を、佐伯は読んだ。

「もっとも京都らしい所として愛されて久しい御所南を文章と絵で徹底図解する、わかりやすさと使いやすさではこれです」

仕切りのドアにノックがあった。

「どうぞ」

野村が言った。

沢田留美子が入ってきた。佐伯の右隣りにすわった。細いブルーの縦縞のある白い長袖のシャツを彼女は着ていた。パンツは黒い化学繊維のもので、シャツの裾をパンツの上に出していた。彼女は、愛くるしさのある美人、として通っていた。

「佐伯くんと沢田くんのおふたりに、まずこうして会う。このふたりにあと三名が加わって、五名のチームが『御所南』を作る。いまここには、モックアップの表紙しかない。その表紙には橋本くんの絵と、僕が作ったコピーしかない」

佐伯にうながされて、沢田留美子はモックアップを見た。コピーに邪魔されることなく、橋本エミリの絵が全面にあしらってあった。寺町通を丸太町通へ出てきた人の視線で、寺町通の東側から描いてあった。

沢田の取材の手はず、そして取材で得た結果をどのように佐伯に送るかなどについて、野村を加えて、三人はひとしきり打ち合わせた。それが終わって、

「もう来るだろう」

と野村が言った。

「栗木さんと橋本さんですね」

「橋本くんは栗木くんより三十分遅れる」

「僕たちは一階の店にいますから、栗木さんと橋本さんにお伝えください」

「一階の喫茶店だな。よし、わかった」

沢田と佐伯のふたりはエレヴェーターで一階へ降りた。そして喫茶店に入った。いつのまにかチェーン店に変わっている場合が多いが、ここは家族経営を維持していた。席についたふたりはマンデリンの深煎りを注文した。取材の手はずや、取材結果を佐伯に送ることに関して、さらにふたりは打ち合わせた。

マンデリンの深煎りをふたりが飲み終える頃、栗木博が喫茶店にあらわれた。栗木は取材も担当していたが、本来の役目は写真を撮ることだった。膨大な写真データが沢田の手取材結果とともに、佐伯のところに送られてくることになっていた。栗木もマンデリンの深煎りを注文した。それから三十分後に橋本エミリが来た。

橋本は絵を担当していた。情緒あるリアリズムの絵を漫画に崩す加減に独特なものがあり、チームの全員が彼女の絵を好んでいた。名前のエミリに関しては、英語のＥｍｉｌｙの片仮名によるもじりではなく、たとえば絵美里というような当て字のための、片仮名による音声のガイドなのだと自分では思っている、と彼女は言っていた。チーノに白い長袖のＴシャツをだぶつかせて着た上に、ごく淡い紫色のウインドブレーカーをはおっていた。

「四人揃ったね。あとは渡辺三枝子だけだ。それで五人のチームになる。杉田真理は、どうしただろう。見かけないね」

「彼女はもともと料理人だから。客の注文した料理を作って、幸せなのよ」

と沢田が言った。

「だったら、食べにいこうよ」

「ぜひそうしましょう」

「この仕事が終わったら、打ち上げとして杉本のところへいこう。いくためには、いま彼女がどこの店にいるのか、その情報を手に入れなくてはいけない」

栗木の言葉に他の三人は笑った。

「見ないといえば、夏目蒼子も見ないね」

「本業が忙しいのよ」

「本業とは？」

「筆で字を書くこと。たとえば、ガラス瓶のラベルに、みりん、と平仮名を三つとか」

「いいじゃないか」

「す、というのもあったそうです」

「なんだ、それは」

「お酢」

という返答に他の人たちは笑った。

「この仕事が終わったら、五人で集まろう。野村さんを加えて、六名だな」

栗木がそう言い、全員が賛成した。

四人は間もなく店を出た。そして店の前で別れた。佐伯は神保町の交差点に向けて歩いた。交差点から南へいき、地下鉄への入口A７の階段を降りるためだ。歩きながら携帯電話を取り出した彼は、道の外側に寄った。バス停から少しだけ離れた金属製の鉢植えの脇に立ちどまった。そして、杉本真理・自宅と入力してある番号に電話をかけた。

「はい、杉本です」

と、真理自身が電話に出た。

「佐伯です」

「久しぶり」

「いま沢田、栗木、橋本と珈琲を飲んだところだ。杉本真理のことが話題になっていたので、店を出たところで、こうして電話をしている」

「留美ちゃんや博くん、それにエミリ」

「チームを作って京都のガイド・ブックを作るんだ」

「いま、どこから電話してるの?」

「神保町の交差点のすぐ近く」

「私は経堂なのよ。来れる?」

「いつもの小田急線の各駅停車に乗って、降りる駅から三つだけ乗り越せばいい」

「まるで好都合ね」

「だから、いくよ」

ふたりは待ち合わせの場所と時間をきめた。

新宿からは小田急の急行に乗った。降りる駅はふたつ目だった。待ち合わせの場所は彼女が指定した。改札を出て左へいき、駅の高架を出ると目の前に、大きな建物がある。外のエスカレーターで二階へ上がっていくとき、店の一部分がガラス越しに見える。その店、と杉本真理は言っていた。二階の通路に沿っていちばん奥の、ガラスのすぐ向こうのふたり用の席に真理はいた。歩いてくる佐伯を見て、彼女は手を振った。

店へ入った佐伯は、マグに「本日の珈琲」を買い、真理のいる席まで歩いた。

「なんら変わってない。僕が知ってるとおりの杉本真理だ。それがうれしい」

彼女の向かい側の席にすわって、佐伯はそう言った。

「私は六月一日から、すぐ近くの小さな洋食の店で、料理人になります」

「あと二週間ないじゃないか」

「海老フライとかポテト・サラダ」

「僕の好物だ」

「食べに来て」

「六月一日にいくよ」

「このすぐ近く。あとで場所を教える。店の正確な名前と電話番号も。ほんとに六月一日に来る？」

「いくよ」

「店の幅は四メートル。店に入ると左側が調理場で、そのうしろに配膳の棚が作ってあった。棚にはいろんな物がぎっしり。古いものだと、十年前の町内会のチラシだとか」

そう言って彼女は笑った。

「店の奥行きは八メートル。突き当たりにトイレット。四メートルに八メートルというわかりやすい長方形のお店」

なぜその店で働くことになったのか、いきさつを佐伯は訊ねた。

「うちの父親がおなじ洋食で、店は三軒茶屋にあるのよ。おなじ洋食だから、つながりがあって、おたくのお嬢さんに助けてもらえないかと、名指しで頼まれて、引き受けることになったの。親父さんと次男の息子さんのふたりが調理場にいて、あとは配膳の女のこ。親父さんは店を引退したがってるし、息子さんは他にやりたいことがあって、洋食に未練はないということで、私の出番。私と親父さんが入れかわり、息子さんは最初の頃、ついててくれるそうだけど、ひと月ほどでいなくなるんじゃないかしら。そうなったら、私ひとり。店は月曜日がお休み。お昼から八時まで」

軽くそう語り、彼女は笑っていた。

「実家から歩いていけるね」

「のんびり歩いて七、八分。実家の二階に私の部屋がそのままあるから、そこに私がこのまま入ると、それでおしまい、なんの問題もなし」

「部屋代がかからないね」

「ゼロ。助かる。三宿《みしゅく》に部屋を借りてた時期はひどかったなあ」

「どういう意味だい」

「かなりの額の現金が、部屋代として、毎月、消えていくということ」

「いまは、それはないわけだ」

「いまはもうない」

ふたりはやがて店を出た。ふたつのマグを佐伯がリターンに戻した。通路を端へ歩き、杉本真理は店の場所を説明した。店の正確な名前と電話番号を書いた小さな紙きれを、佐伯に手渡した。

書店の入口の脇までいき、そこで彼は携帯電話を取りだした。経堂の次は下北沢だ、と思いながら彼は渡辺三枝子に電話した。渡辺三枝子は部屋にいた。

「佐伯です」

「今日、野村さんたちと会ったでしょう」

「チームを作って京都のガイド・ブックを作ることになった」

「私がそのチームの最後の責任者。部屋を整理してて、いけなかったのよ。ついさっき終わったところ」

「渡辺三枝子はアート・ディレクターだからな。いま僕は経堂にいて、さきほどまで杉本真理に会っていた。この経堂で洋食の店をまかされる、と言っていた」

「そこへ食べにいこう」

「杉本真理は六月一日からだと言ってた」

「では六月一日に」

「そうしよう」

「時間があるのだったら、下北沢へ来て」

「僕かい」

「そうよ」

「時間はちょうどいい。これから下北沢へいくよ」

「おなじ下北沢のなかで、私は引っ越したのよ」

「その話は聞いている。同居人がいるんだって?」

「喫茶店で向き合ってからにしよう」

その喫茶店を彼女が指定した。佐伯の知っている店だった。そこで落ち合う時間を彼女がきめた。

経堂駅のプラットフォームに佐伯が上がると、そこへ急行が来た。佐伯はそれに乗った。下北沢までひと駅だった。

待ち合わせした喫茶店に早めに佐伯は到着した。渡辺三枝子はすでに来ていた。向かい合わせの席にすわった佐伯に、

「どこから話をしようか」

と彼女は言った。

「自分のことから」

「自分とは?」

「同居人のことなど」

「同居人なんて、絶対に駄目だと、私は思ってたの。だけど、けっしてそんなことはないと発見して、驚いてるとこ」

「引っ越した先には、すでに同居人がいるんだ」

と佐伯は言い、渡辺はうなずいた。

「斉藤つや子、というおなじ年齢の女性なの。輸入文房具の店に勤めていて、従業員は彼女ひとりで、あとは社長の男性だけ。店にお客がいるときには接客するけど、そうでないときには、ひたすらカタログを作ってる。店が仕入れた物品をひとつずつ写真に撮っては、標準的な紙に出力して、二穴のファイルに綴じるの。品物の正式な名称と仕入れたときの価格を記入して。いくら作っても、品物があるんだって。お店は午後一時から八時まで。店への行き帰りは、のんびりと徒歩。食事はいつもなにか作って食べてる。一緒の部屋に同居人なんて、絶対に駄目だと思っていたのに、現実になってみるとまるでそんなことはなくて、驚いてるとこ。ウオークインのクロゼット付きで独立した部屋がひとつずつあるのは、正解だったかなと思ってる」

「部屋代が半分になるだろう」

「そうなのよ。初めはそれが目的だったから。あるときふと、気がついたのよ。ふたりの人がおなじ部屋に住めば、部屋代は半分になる、ということに。それから部屋選びと同居人探しに夢中になって、気がついたら部屋はいまのところで、同居人は斉藤つや子という、おとなしい女性だった」

「引っ越す前よりも、広いわけだ」

「独立した部屋がふたつある、という意味で広くて、あとは共用。浴室からなにから。これが少しも気にならない。不思議」

「京都のガイド・ブックの仕事が終わったらみんなで会おうよ、という栗木のひと言で、僕が電話してしまうことを、思いついた。経堂。下北沢。次は代田《だいた》だ」

「佐伯くんが住んでいるのは、代田でしょう」

「神保町から始まって、経堂、下北沢、そして代田と、住んでいるところへ向かってる」

「代田は、誰?」

という渡辺三枝子の質問に、

「夏目蒼子」

と佐伯は答えた。

「ここを出たらすぐに夏目に電話をかける」

「会えるといいね」

と言った三枝子は次のようにつけ加えた。

「夏目蒼子はほとんど知らない。杉本真理はいつだったかいっしょにガイド・ブックを作ったなあ。ハワイの。路線バスでめぐるローカルフード、とかいう。杉本が取材をして写真を撮って、食事のあいだとかホテルに帰ってからとか、どんどんレイアウトが出来て、私が文章を書いて。楽しかった。杉本真理はまるでローカルみたいになってた。夏目は本業が忙しいんだって」

「本業って？」

と三枝子がきいた。栗木博がおなじ質問をしたのを、佐伯は思い出した。

「筆で紙に字を書くんだ」

「ふうん」

と渡辺三枝子は言っていた。

ふたりは店を出た。渡辺と別れたあと、佐伯は夏目蒼子に電話をした。呼出し音が続いたあと、夏目が、

「もしもし」

と電話に出た。

「佐伯由紀彦です。いま下北沢にいます。六時から六時半のあいだに、近くの喫茶店で会

えれば」

「近くの喫茶店と言ったら、あそこしかないよ」

「あそこがいい」

「変わった人だね」

「そのあと、下北沢に戻って、餃子ライス」

「ひとり飯で食べるのね」

「そうなるね」

「いま私が住んでる一軒家は、佐伯くんのお母さんに紹介してもらったんだ」

「自分のものとして持ってた家だよ」

「賃料を安くしてもらった」

「古さと比例している」

「そんなに古くもないのよ」

「下北沢からは歩くから」

「ちょうどいい時間になるね」

というところで、佐伯は夏目との電話を終わった。あとはいったん駅へ戻り、南口を出てその商店街を歩ききり、梅ケ丘通りを越えればいい。歩く時間は十二、三分だろうと、佐伯は思った。

予定していた時間より早く、佐伯はその喫茶店に着いた。夏目蒼子は入口を入ったところの席にいた。

「私が三人目ね」

「そうだね」

「このあと、餃子ライス」

「それを予定しています」

「予定どおりになるわよ」

「それは有り難い」

「有り難いと言うなら、こちらも。いま住んでる一軒家は、佐伯くんのお母さんが貸してくれたんだ。部屋を借りる相場より、ずっと安い値段で。表のバス通りの一丁目のところに、不動産屋さんがあって、そこに初めて入って相談したのが、佐伯くんのお母さんだった。なんとかならないか、と私が言ったのよ。なんとかならないかしらとは、部屋代のこと。そこからお母さんは親身になって、ついにはあの一軒家を、安い値段で貸してもらえることになった」

「一度、見てます」

「いまは高台のほうの代田にある一軒家だと聞いた。結婚するんだって？」

山根美也子のことを佐伯は思った。

「高校の同級生だなんて、最高だよ」

蒼子が飲んでいる珈琲とおなじものを佐伯は注文した。その珈琲がテーブルに届いた。

「一軒家の住み心地を聞いておこうか」

「部屋が三つあって、ひとつは四畳半で、これは資料その他でいっぱい。ふたつある六畳のうちひとつは寝室で、もうひとつが仕事場。散らかしてる。見には来ないで」

「筆で字を書くのが仕事だって？」

「いろんな字を書いたよ。専門のエージェントみたいなとこがあって、仕事の大半はそこから入ってくる。もちろん、直接に電話がかかって来る場合もある。どら焼き、なんか最近の仕事だな。縮尺を知らないから、原寸で書いてさ。どら焼き、とまんなかにあって、その右には、国産小麦使用、とあった。左にあったのは、国産小豆あんこ、だったな。ひとり机に向かって、これを原寸で書くんだよ」

「筆の使いかたは、どこで覚えたんだい」

「初めっから。ふと筆で書いてみたら、書家の父親がびっくりするほど、うまかった。そのことが、いま仕事として、成立してるわけ」

ふたりは珈琲を飲んだ。

「早くいかないと、餃子が売り切れるよ」

と蒼子に促された。

ふたりは店を出た。店の前でふたりは別れた。佐伯は梅ケ丘通りを渡った。かつては用水路でいまは暗渠の緑道になり、橋のかたちだけが名残のようにある道を、佐伯は下北沢の南口商店街に向けて足早に歩いた。

小田急線の各駅停車が新宿駅に到着した。小田急線のすべての下りがここを起点としていた。そしてすべての上りがここを終点にしていた。八輛連結の車輛のなかばから、佐伯由紀彦はプラットフォームに出た。そのとたんに携帯電話に電話があった。

佐伯は通路の壁ぎわに寄り、その電話に応答した。島村という編集者からの電話だった。今日の午前中に島村から佐伯の自宅に電話があった。佐伯との打ち合わせは会社のある神保町を予定しているが、都合によっては他の場所に変わるかもしれないので、午後にもう一度電話をする、と島村は言っていた。その電話だった。

「下北沢になった。六時。どうだい」

「いいですね」

「近いんだよね」

「自宅まで歩いていけます」

「そいつはいいや。神保町を予定していたのだけど、都合で下北沢になった。六時に、喫茶店で」

島村はその喫茶店の名を言い、佐伯は知っていた。過去に何度か入ったことがあった。

「南口の商店街を出はずれたあたりです」

「駅からまっすぐ歩くと言ってた」

「そうです」

「それでは六時にそこで」

電話は終わった。佐伯は新宿で中央線に乗り換え、お茶ノ水までいく。そこで降り、明大通りを西へ渡り、やがてある下りを下りきって、駿河台下の交差点だ。神保町では打ち合わせが二件あった。三時と四時だ。四時からの打ち合わせは時間がかかった。終わったらすぐに地下鉄の駅へいき、新宿へいくための地下鉄に乗らなければいけなかった。

下北沢には予定していたより少しだけ早く着いた。南口の商店街を歩いた。記憶していたとおりの二階に、その喫茶店はあった。

島村はすでに来ていた。分厚いノートブックを広げ、細かな字で記入したことを検討していた。向かい側にすわった佐伯に島村は、

「雨は?」

と言った。

「降ってはいません」

「そうか」

「降るのですか」

佐伯の問いに島村はうなずいた。

「夜の早い時間から。夜の早い時間と言えば、もうそろそろだろう」

「傘は持っていません」

「ここから自宅まで、何分だって？」

「十分はかかります」

「雨のなかを歩いたら、濡れるね」

「どこかで傘を買います」

島村が編集部に在籍している雑誌で新しい連載が始まる。その連載を島村が担当する。書き手の候補は三人いる。佐伯はそのひとりだ。三人の候補と島村はいろんな話をして、連載の書き手を選ぼうとしていた。今日はその第一回だ。島村との話は七時前に終わった。このあと島村は食事をするという。

「この喫茶店へ歩いて来るまでに、ここだな、という目星はつけてある。そこで食事をする」

ふたりは駅にむけて歩いた。途中で島村は洋食の店に入った。駅の建物に入った佐伯は、エスカレーターで最も深いところまで降り、そこで各駅停車の電車に乗った。次は世田谷代田だ。佐伯がいつも降りる駅だ。世田谷代田で降りて歩けば、下北沢の南口から歩くのにくらべると、所要する時間は三分の一以下だった。

世田谷代田では降りない、と佐伯は思った。世田谷代田では電車が走っていく方向にむかって左側のドアが開く。そのドアのむかい側の座席に佐伯はすわっていた。電車は地下の世田谷代田に入った。速度を落とし、やがて停止した。ドアが開いた。降りる人はひとりもいなかった。乗る人もいなかった。やがてドアは閉じた。電車は発車し、速度を上げて地上に出た。

梅ケ丘駅は地上の高架にあった。ドアが開く前から佐伯はそのドアの前に立っていた。ドアが開くと同時に佐伯は車輛からプラットフォームに出た。階段で一階へ降り、駅の南口へ出た。駅と平行に道があり、その道の南側は商店街だった。その道を渡る途中で雨が降りはじめた。いきなりの、しかもかなりの降りかたの雨だった。佐伯は無意識に小走りとなった。左へと入っていく道があった。なにも考えずにその道に佐伯は入った。

左へ曲がるとすぐに喫茶店があった。佐伯はその店に入った。

「いらっしゃいませ」

と女性の声が店の奥から佐伯に届いた。店の奥にはカウンターがあり、声の持ち主はそのカウンターのなかにいた。色の白い、きつい顔立ちの美人で、三十代の後半だろうか。肩に届きそうで届かない長さの、洗い髪を指であらまし整えただけのような髪に、くすんで深みのある緑色のスエット・シャツを着ていた。

佐伯は上着を脱いだ。隣りの椅子の背にかけ、椅子にすわった。

「濡れたの？」

と彼女が言った。佐伯は首を振った。

「珈琲を飲んでいるあいだに乾きます」

「雨になったわね」

珈琲のメニューを佐伯は見た。

「マンデリンの深煎りを」

「すぐに出来ます」

店には客がふた組いた。男女ひとりずつだ。男は四十代でサラリーマンだ。分厚い手帳を開いて、綿密な書き込みを見ていた。女性の客もひとりでいた。満足そうに時間を過ごしていた。

店主が珈琲を持ってきた。彼女はスエット・シャツとおなじ色のスエット・パンツを履いていた。

「お待ちどおさま」

少しだけ時間を置いて、佐伯はその珈琲を飲んだ。自分はいまじつはこれを求めていたのだ、と思わせる出来ばえの珈琲だった。その珈琲を半分ほど飲んだとき、男の客が帰っていった。男はこうもり傘を持っていた。店を出て傘を開く様子が、なかば見えた。雨はまだ降っていた。

かたわらの椅子の背にかけた自分のジャケットを佐伯は見た。夏の上着だ。シャツのような一枚仕立てになっていた。左の内ポケットにあるものについて、彼は思った。一二センチ六ミリの芯ホルダーがポケットの縁にクリップで留めてあった。本体は赤いプラスティックだ。芯は4Bが入れてあったが、いまのように使わないときには、芯はホルダーのなかに引っこめてあった。

ジャケットの左ポケットには芯削りが入っている、と佐伯は思った。深い緑色をした、ごく小さく薄いプラスティック製だ。小さな刃がネジどめされている。そこにむけて、削る芯を差しこむ小さな穴がある。芯を削ったあと、小さな刃の上に、削り滓が残る。唇を軽くすくめて、ふっと吹けばそれでいい。

右のポケットにはなにも入っていなかった。入れる物を買いそこねたからだ。二度目の打ち合わせのあと、下北沢で島村と会うために、すぐに地下鉄に乗らなくてはいけなかったから、買い物をする時間がなかったのだ。

買いそこねたのはステッドラーのプラスティック消しゴムだ。おそらくこれがもっとも小さいのだろう。横幅は三〇ミリに縦が一〇ミリ、厚さは一二ミリだ。二五ミリ幅の薄いボール紙が巻いてある。プラスティック消しゴムの白い部分が五ミリだけ出ているというデザインだ。自分が鉛筆で書いた文字をこれで消すとき、自分の右手の人さし指の第二関節のなかばまでという小ささは、指先のかわりに指先で持つ物として最適だ、と彼はかならず思う。

ひとつあれば当座は間に合うのだが、買い置きが三つは欲しい。五つあってもいい。全部で三十個ほどなら、箱ごと買ってもいい。しかしこの消しゴムは、芯ホルダーとその芯、そして芯削りとともに、いまはほとんど使っていない。原稿は原稿用紙に手書きしたもので受け取りたい、と主張する編集者がひとりいて、その人に渡す原稿を書くとき以外には、ほとんど使わない。使わない物を彼は持っている。喫茶店で一杯の珈琲を前にしたときなど、ふと消しゴムを取りだす。消しゴムが汚れていたら、その汚れを指先で軽くこすって落とす。

女性の客が帰っていった。支払いをするとき、店主とかなり長話をした。彼女は常連のようだった。店の奥にあるカウンターに戻った店主は、カウンターのなかから、

「雨は上がったのよ」

と言った。

「そうですか」

「ここは初めてよね」

「いつもは世田谷代田で降ります。今日は梅ヶ丘まで来ました。駅の南口を歩いてたら雨になったので、ここに入りました」

「梅ケ丘でなにか食べようとしたの?」

「じつは神保町にいたのです。神保町にむかう途中で電話があり、下北沢で人に会うことになり、神保町では打ち合わせを一件しただけで、五時前に出て下北沢に向かいました。下北沢での約束がなければ、餃子の二人前にご飯とワカメスープです」

「梅ヶ丘でのお店は決まってるの?」

「何軒か候補があります」

「ここにも、あるのよ」

と彼女は言った。ここことは、この店のことか、と佐伯は思った。だから、

「餃子ライスがですか」

ときいた。

「ここから表の道へ出て左へいくと、中華のお店があり、餃子ライスがおいしいのよ」

と彼女は言った。

「ここは八時に閉めて、中華のお店は九時まで。電話をしておきましょう」

そう言って彼女は携帯電話で電話をかけた。店名と自分の名を告げた。

「八時半にはいきます。餃子を取っておいてください」

「僕の餃子は二人前」

と佐伯は言った。

「餃子は都合三人前。ふたりなのよ。ご飯とスープをそれぞれに。よろしく」

電話は終わった。彼女はカウンターのなかでかたづけを始めた。その店で彼女と餃子ライスを食べ終えた自分にもっともふさわしいのは、神保町と下北沢に続いて、餃子ライスは梅ケ丘にもあるのだと、心のなかで叫ぶことだと彼は思った。

消しゴムを買う

消しゴムを売っているところは、文房具売り場のもっとも奥だった。文房具売り場のもっとも奥は、この建物の南の壁であり、南の壁はこの建物のいきどまった部分だった。だから消しゴムを売っている場所は、この建物のもっとも奥であり、それ以上にはいきようのない場所に、あった。幅のせまいガラスのケースが長くまっすぐにあり、南側の壁とのあいだには、人がひとり通れるだけのゆとりがあった。

長く直線で続くガラスのケースのなかに、消しゴムが五十種類ほど、値札とともに整然とならべてあった。壮観だった。東京だけではなく、少なくとも名古屋、京都、大阪の三か所から、買い集めたのではないか。

もっとも壮観だったのは、『消しゴム日本』と題をつけた、オブジェともいうべき作品だった。三百二十六個の消しゴムを、乾燥すると透明になる接着剤を使って組みあげ、貼り合わせたのだという。

陳列ケースの中央に、このオブジェは置いてあった。彼はしばらくそのオブジェを眺めていた。こうして組みあげていくと、やがて面白いかたちになるよ、と言いながら、自らも楽しんで消しゴムを組み上げている作者を、彼は感じることができた。題名の脇に短い説明文があった。それも彼は読んだ。使った消しゴムは日本全国から買い集めたものである、という一文には感銘に近いものを受けた。

佐伯由紀彦は片手を上げ、若い女性の店員を呼んだ。

「かしこまりました」

と彼女は言い、長い直線のガラス・ケースと壁のあいだを、佐伯のいるところまで歩いてきた。

「これをください」

と佐伯は言い、ステッドラーの小さい消しゴムを指さした。おそらくこれは日本で市販されている消しゴムのなかで、もっとも小さいものであるはずだ。白い消しゴムは個別に包装されていた。三十個ほどが箱に入っていた。

「ステッドラーですね」

「そうです」

「一個ですか」

「五個、ください」

「五個ですね」

「そうです」

「紙の袋に、まとめてお入れしてよろしいでしょうか」

「そうしてください」

ガラス・ケースに手を入れた彼女は、かたほうの掌にその小さな消しゴムを五個、持った。体を起こした彼女は掌の上で消しゴムを数えた。ごく小さな消しゴムだ。佐伯の右手の、人さし指の第一関節ほどもないだろう。消しゴムは彼女の掌の上に五個あった。彼女は五個の消しゴムの値段を言った。

紙幣一枚と硬貨で、ちょうどの金額を彼は彼女に手渡した。レジスターのあるところまで歩いた彼女は、五個の消しゴムを小さな紙袋に入れ，折り返した口をセロハン・テープで留め、小さなレシートとともに持ち、佐伯の立っているところへ戻った。

「有難うございます」

というひと言とともに、彼女は五個の消しゴムの入った紙袋とレシートを、佐伯に差し出した。佐伯はそれを受け取った。

佐伯由紀彦は消しゴムの売り場を離れた。そして正面の出入口から店の外に出た。駿河台下の交差点を南へ渡り、靖国通りをほんのすこしだけ西へ寄ったあたりだ。彼がいま立っている場所から、靖国通りの北で道路がふたつに分かれているのが、よく見えた。北へと分かれていく道路は神保町一丁目をへて猿楽町一丁目にいたる道だ。

彼は神保町の交差点に向けて歩いた。彼が歩き始めたところから神保町の交差点までに、ふと靖国通りを離れることのできる、直角に交差した脇道が三つあった。いずれの道路でも、すずらん通りを横切った。そのすずらん通りには、さらに南へと直線で伸びる道が、四本あった。このうちのひとつを、彼はさらに南へと歩いた。別の道と交差する手前、左側に彼の向かっている喫茶店があった。

この喫茶店を打ち合わせのために使ったことはない、と思いながら佐伯は店のドアを開いた。月に一度、原稿をここで渡す。今日がその日だった。

原稿は自宅で書いた。鉛筆を使った。二百字詰めの原稿用紙に二十四枚。佐伯は二百字詰めの原稿用紙を使った。二十四枚が二つに折り畳まれ、佐伯のジャケットの左の内ポケットに入っていた。

今日の彼は午後三時前に神保町へ来た。三時と四時に一件ずつ打ち合わせがあり、いまは五時にここで原稿を渡す約束だ。中年男性の店主が水の入ったグラスを佐伯のテーブルへ持ってきた。佐伯はその彼に、

「珈琲」

と、ひと言だけの注文を告げた。当店のブレンドという意味だ。メニューの左側の列のいちばん上にあった。エチオピアとグアテマラの豆にマンダリンを加えた三種類の混合だ。この珈琲は佐伯の好みだった。

原稿を渡す相手である、藤代利幸が、佐伯の珈琲より先に現れた。佐伯よりも少なくともひとまわりは年上の男性だ。店に入り、佐伯のいることに気づき、右手を挙げた。店主が佐伯の珈琲を持ってきた。

「おなじものを」

と言った藤代にうなずいて帳場へ引き返し、水を入れたグラスをひとつ持って、店主はふたたび現れた。静かにグラスをテーブルに置き、静かに立ち去った。

佐伯由紀彦はジャケットの左内ポケットから原稿を取りだした。縦にふたつに折ったまま、藤代に差しだした。

「これが、原稿です」

というひと言を添えた。

藤代はそれを両手で受けとった。その動作の続きとして、彼は原稿を読みはじめた。藤代は今日もダーク・スーツだった。レジメンタル・タイはたいていのダーク・スーツに調和した。レジメンタル違いで何本か所有し、そのなかからその日の気分に合わせてタイを選べばそれでいい。シャツは白だった。

原稿のなかばを過ぎてから、藤代は笑顔になった。笑顔をそのまま持続させて後半に入り、笑顔は深まった。藤代はその笑顔のまま原稿を読み終えた。

「これは面白い。確かに頂戴しました。原稿用紙に鉛筆の手書きというのは、いいですね。これぞまさしく原稿、という感触です」

と藤代が言ったとき、店主がふたりの珈琲を持ってきた。静かにそれぞれの手もとに置き、立ち去った。すぐにふたりはその珈琲を飲んだ。

「熱すぎない。いまのように直ぐに飲んでも、熱すぎることはない。そのことを、僕たちはすでによく承知している」

藤代の言葉に、

「そうですね」

と佐伯は言った。

藤代は原稿を丁寧にふたつに折り、スーツの上着の内ポケットに収めた。そして次のように言った。

「これが十月号に掲載される。十月号は知ってのとおり九月の終わりに刊行される。一月号から一年間、新しい連載が始まる。その連載も引き続き、きみに書いてもらいたい。おなじ分量で。ただし、署名が入る。佐伯由紀彦でいいね」

藤代の言うことに佐伯は異存なかった。

「なにを書きますか」

と言ってみた。

「そこなんだよ。なにかいいアイディアはないか。これまでの文章よりも、小説寄りになるかな。作家のエッセー。すでに作家になったつもりで。そうもいかないか」

ふたりは珈琲を飲んだ。

「最初の原稿までにまだ三か月ほどある。その間、こうして打ち合わせもできることだし。新しい連載を引き続ききみに依頼して、承諾を得た、というところまでが、今日の話だ」

藤代は珈琲を飲み終えた。佐伯も終わっていた。

「さて、僕は編集部へ戻らなくてはいけない。この次は誘うからね」

珈琲の伝票にのばす藤代の手を、佐伯はさえぎった。

「僕はまだここにいて、もう一杯、飲みますから」

「それでは、そういうことにしておこう」

藤代は席を立った。店の入口へ歩いてゆく彼を、佐伯は見るともなく見ていた。入口のドアを外に出るとき、藤代は佐伯に顔をむけた。軽い笑顔に佐伯は右手を挙げて応えた。

店主がふたりの珈琲カップと受け皿を下げ、

「おなじものを、もう一杯」

と佐伯は言った。

「当店のブレンドの三杯目ですね」

と店主は静かに言った。

「そうです」

店主が去ったあと、佐伯はジャケットの右ポケットから、五つの小さな消しゴムの入った紙袋を取りだした。スコッチ・テープで封をしてあるのを開いた佐伯は、なかから消しゴムをひとつだけ取りだし、紙袋にもとどおり封をして、ジャケットの右ポケットに戻した。取りだしたひとつの消しゴムを、彼は観察した。

透明なセロファンで個別に包装してあった。その包装を彼は取り除いた。セロファンはジャケットの右ポケットに入れた。長さ三センチの消しゴムに、横幅二センチ五ミリほどの白い紙が巻いてあった。白い消しゴムは五ミリだけその白い紙の外に出ていた。ステッドラーという名称に、ラゾプラスト、というひと言が添えてあった。ラゾプラストとは、この消しゴムの、ゴムの材質をあらわしているものだろう、と佐伯は思った。

白い紙を取りはずした状態を彼は想像してみた。まっ白な小さな消しゴムがあるだけだ。この消しゴムは、おそらく最も小さいものであるはずだ、と佐伯は重ねて思った。

店主が珈琲を持ってきた。受け皿に載った珈琲カップを丁寧にテーブルに置く様子を、佐伯は眺めた。

店主が去ってから、佐伯はジャケットの左の内ポケットの縁から、芯ホルダーを抜きとった。ファーバー・カステルの芯ホルダーで、ステッドラーの４Ｂの芯が入っていた。芯を出した状態で一三センチ七ミリという、やや短い本体はプラスティックで，深く沈みきった底のような、存分にくすんだ緑色だった。金属の部分にプラスティックの色によく調和していた。最近ではここしばらく、佐伯はこの芯ホルダーを使っていなかった。使いはしないけれど、持ち歩いてはいた。芯ホルダーを使わなければ、消しゴムにも用はない。しかし佐伯は、消しゴムと芯ホルダーとを、いつも持っていた。

佐伯が常に持っているものが、もうひとつあった。芯ホルダーと消しゴムに、もうひとつ、使わないもの、それは芯ホルダーに入れた芯の、削り器だ。それを彼はジャケットの左ポケットにさぐった。プラスティックで出来た薄い小さな芯削り器を、彼の指先はポケットのなかにさぐり当てた。それを摘まんで、佐伯は手をポケットの外に出した。

彼は珈琲を飲んだ。さきほどの店主の台詞にかすかにあった不思議な要素はどこからくるのか、ということを考えながら、彼は好みの珈琲を飲んだ。

左手の指先に持った芯削り器を眺めた。長さは二八ミリだ。数字はすでに記憶していた。厚さは四ミリで、幅は一二ミリという小ささだ。消しゴムの上に重ねると、消しゴムのほうが、すこしだけ大きかった。ごく小さな刃がねじ止めしてあり、その刃にむけて芯を差しこむ小さな穴がひとつ、あけてあった。

消しゴム。芯ホルダー。芯削り器。この三つをテーブルにならべて、彼は珈琲を飲んだ。さきほど藤代に手渡した原稿は、自宅で書いた。自宅では鉛筆を使った。鉛筆を削るときには、ポケット・ナイフの刃の、小さいほうを用いた。原稿用紙に鉛筆で手書きするのは、藤代に渡す原稿だけだ。先月は神保町の喫茶店で書いた。来月はどうなるか。芯削り器の本体はすべてプラスティックで、色は芯ホルダーとよく似ていた。

好みの珈琲の、冷え始めた最後の部分を飲み干し、佐伯由紀彦は席を立った。芯ホルダーその他をポケットに入れていた。支払いをして、彼は喫茶店を出た。やるべきことはまだ残っていた。そのいちばん先頭にあったのは、ここから至近距離にある餃子の店で、ひとりだけの夕食をすることだった。ひとりだけの夕食は、ほぼ自動的に、餃子二人前の餃子ライスにワカメスープだった。

すずらん通りまで戻りながら、佐伯は考えた。自分が結婚することになっている、下北沢に住むあの女性をめぐってのことだった。佐伯がひとりで住んでいる一軒家に、彼女が引っ越して来る予定が、一週間前だった。予定から一週間も遅れることは、彼女にはないことだった。なにかある、と佐伯は直感していた。直感は確かめなくてはいけない。餃子ライスの夕食のあと、彼女に電話をしよう。そして下北沢に寄って彼女に会い、話をしよう。

代田の高台にある一軒家に、彼女は引っ越すつもりでいた。準備を始めた。しかし、下北沢を離れられない自分を発見した。すでにそこでの生が、身につきすぎていたのだろうか。彼もおなじだった。あの一軒家に彼女とふたりで住むのはいっこうにかまわないが、それは頭で考えていることであり、実際にそうなったら、どうするのか。あの一軒家に彼女とふたりだ。常に彼女がいる。彼が出かければ、いってらっしゃい、と送り出す。彼が帰ってくれば、お帰りなさい、と言って迎える。

佐伯はすずらん通りに出た。彼が向かっている餃子の店は、すずらん通りと靖国通りのあいだの路地に位置していた。彼はその路地へ向かった。

婚姻届は提出する。法律的には立派な夫婦だ。しかし、一緒には、住まない。会いたいとき、おたがいに、訪ねる。新しい結婚のかたちではないか。これを彼女に提案しよう。ふたりが一軒の家に住む可能性は、何年かあとになって、あるかもしれない。やってみなければわからないだろう、と彼は考えた。

彼のめざす餃子の店が、路地の前方に見えていた。

今夜はひとり飯

ふたりはほぼ同時に待ち合わせの喫茶店に入った。珈琲豆を何種類か販売している棚が左側にあり、その前に立ち止まった佐伯が、いくつかある空席を物色していると、すぐうしろで、

「おう、佐伯」

と低い男の声が言った。

振りむくとそこに園田照正が笑顔でいた。園田は佐伯とおなじくフリーランスのライターだ。どんな題材でも面白くこなすから、どこの編集部でも重宝されていた。

「あそこにしよう」

佐伯は店の奥にある四人用のテーブルを示した。園田はうなずいた。

席に対面してすわり、ふたりともマンデリンの深煎りを注文してから、

「僕たちはやがて四人になります」

と園田は男性の店主に言った。店主は静かにうなずいた。

「若松が来られないそうだ。さきほど僕のスマホに電話があった」

あとふたり、ともに女性で、ひとりは鈴木三絵子といい、愛称はミエないしはミーエだ。もうひとりは真崎春江で、誰もが彼女のことを、ハルと呼んでいた。

そのふたりが前後してあらわれ、席は四人で埋まった。

こうして喫茶店に集まることを、彼らはしばしばおこなっていた。特別の用はなかった。全員が近くにいるとき、ただ集まるのだ。ふたりの女性は、ふたりとも珈琲はマンデリンだった。

「ここへ来ると，マンデリンを注文してしまう」

とハルが言った。

「おいしいんだよ」

「それは確かに」

「自宅にはマンデリンの豆は買ってないから」

「三種類の豆を使って、癖の思いっきりないブレンドを作るとき，マンデリンは欠かせない」

「それはプロの意見だよ」

「私たちはあくまで素人だから」

店主がふたりの女性のマンデリンを持ってきて、それぞれの手もとに置いた。ミーエとハルはその珈琲を飲んだ。

「どうだい」

「まことに結構」

「素晴らしい」

「神保町の珈琲地図とも言うべき本を作りたい。一軒が二ページで、百軒。それだけで二百ページ。珈琲のうんちくは、あってもなくてもいい」

「ないほうがいいわよ、そんなもの」

「どこかで提案すれは、すぐに実現するよ。取材しなくたって、五十軒くらいだったら、いますぐにでも書けるだろう」

「いますぐには書けない。心を静かにして、思い出さないといけない」

四人の話は続いていった。誰が誰を説得するわけでもなく、誰かひとりが心情を吐露するでもなく、四人の会話は続いていった。

やがて彼らの主題は珈琲から拡大され、食べるもの全般へと広がっていった。

「この町には、なんでもあるよ」

「今日の夕食はなににしようかなと思案しながら、夕暮れの靖国通りを歩く幸せというものは、確かにあるわね」

「要するに、なんでもあるんだ」

「そのなかから選べるのは、いいよね」

「天麩羅の店が何軒かあるし、味噌汁のうまい定食屋で、焼き魚の小骨をひとり取る幸せ。幸せというのは、キー・ワードだね」

「幸せなのよ、実際に」

「ソーセージに酢キャベツ、という幸せもあるんだ。それに、ポテト・サラダ。ビールはもちろんある」

「食いたくなってきたなあ。今日の夕食はそれにしようか」

「河豚だって、あるのよ。裏通りのなんでもないガラス戸に、河豚の絵が描いてあるだけのお店。お鍋の水に昆布と日本酒を入れるところから始まって。ひとりが二千五百円だけど、ふたりだと四千円になる。養殖のとら河豚。美味しいよ」

「洋食の店も多い。ハンバーグのいい店を知っている。おなじ店のハム・アンド・エッグスはハムにこだわりがあって、うまいったらない」

「エッグスと複数だね」

「卵は二個だから」

「街の中華は、裏通りにいくらでもある。餃子」

「食べたい」

「餃子ライス」

「カレー屋さんも多い。あまりに多いから、カレーのはしごを考案した奴が友達にいるんだ。まず一軒目でカレーを食したのち、小一時間ほどあと、二軒目に入る。そしてここでもカレーを食べる。二軒目だと辛くなるそうだ。二軒目では、辛いカレーを注文する、とその男は言っていた」

「その辛さは二軒目の真実だよ」

「うわっ、面白い」

「酒は世界じゅうのが揃ってる」

「酒の好きな人にも、この町はたまらないね」

「私の友人に酒の好きな人がいるのよ。割り箸の片方をがしがしと咬んでブラシのようにして、そこに魚の頭を煮込んだ汁をひたして、それを口に運んでは吸い出し、その汁をつまみにして酒を飲むのね」

「私、次のところにいかなきゃ」

とハルが言った。

「私も」

とミーエが言った。

「おたがいに忙しいね」

女性たちは席を立った。伝票は店主に渡っていた。園田と佐伯はマンデリンの深煎りを注文していた。お代わりだ。ふたりは次の人に会うまでに、小一時間あった。

それぞれのマンデリンが手もとに届いて、園田が言った。

「その店では大きなメニュー・ボードが壁に掛けてあってさ。いちばん下にあるのが、卵かけご飯だよ。丼いっぱいの白い飯に、生卵がひとつ出てくるだけなんだけど、これが人気メニューでね。生卵をご飯にかけてかきまわし、直七のぽん酢をかける。それだけなんだけどね」

佐伯は赤く熟したマウイ・トマトによる、スライスしただけのサラダについて、紹介した。

「この店も壁にメニュー・ボードがあってね。そのいちばん下にあるのが、このトマト・サラダなんだ。ドレッシングはサウザンド・アイランド、マヨネーズ、塩だけ、の三種類。塩だけが僕の好みだ」

「塩かあ」

と、園田は短い言葉に感慨を込めた。

「ゲランドの塩なんだよ」

「それもぜひ食ってみたい」

ふたりの男性たちは、それぞれのマンデリンを飲み終えた。伝票の合計の半分を佐伯が支払い、残りを園田が負担した。ふたりは喫茶店を出て、そこで別れた。佐伯由紀彦は待ち合わせの場所に向かった。

駿河台下の交差点から神保町のあいだのちょうど中間あたりで、靖国通りを離れてその北側の裏道に入り、靖国通りと平行にある裏道と直角に交わる道の五番目を、左にいく。そこにある喫茶店が待ち合わせの場所だった。

佐伯にとっては初めての店だった。ここを待ち合わせの場所に指定したのは、今日これからここで会う、年長の男性編集者だ。

約束した時間より十数分、佐伯は早かった。編集者はまだ来ていなかった。向き合ってふたりになる空席にすわった佐伯は、メニューのいちばん上にあった、珈琲、というものを注文した。その珈琲には括弧がしてあり、当店のブレンドになります、と注釈がしてあった。この店に入って、珈琲、というひと言だけで、当店のブレンドが注文できるのだ。珈琲、のひと言で用の足りる喫茶店は、まだあるのだ。

当店のブレンドは上出来だった。それを半分ほど飲んだところで、待ち合わせの相手である編集者がひとりであらわれた。

佐伯の向かい側にすわり、

「今日は打ち合わせだけだ」

とうれしそうに言った。

店主は彼のかたわらに水の入ったグラスを置き、そのまま引き下がった。彼が席にすわれば、珈琲が出てくる。彼はそれほどこの店の馴染み客になっている、ということだ。ある程度を越えて馴染み客になれば、珈琲、のひと言すら必要ない。

「僕が考えていることを、まず喋ってしまおう。音楽のCD、映画のDVD、そして本を、それぞれ二ページの見開きだから、六ページを僕は担当している。ほかにもたくさんあるんだ。なにしろ、少数精鋭だからね、この月刊誌は。基本はこれまでとまったく変わりはないけれど、どの二ページも、今月の、という色彩を強くはっきりさせたい。だから、どの二ページも、前半は僕が書く。後半を、それぞれ担当のライターが書く。佐伯君は本の担当だから、今月の本として僕が書く前半に続けて、今月の本のなかから一冊を選んで、書評してくれればいい。一冊で一六〇〇字だ。四枚だよ。できるだろう」

「できます」

「それで決まった。今日の打ち合わせとは、そういうことだ」

当店のブレンドが彼の手もとに届いた。すでに飲み頃の温度になっているその珈琲を、彼は数口、飲んだ。

「なぜ前半を僕が書くのかというと、資料が編集部だと集まりやすいからだ。今月の、という色彩を強くはっきりと打ち出すためには、たとえば本だと、今月に出版されたものを、可能なかぎり、すくいとりたいと思っている。そして、そのなかから一冊を選んで、佐伯由紀彦が書評する。一六〇〇字だ。書けると言ったよね」

「書きます。その一冊を選んで、僕宛に送ってください」

「そのほうがよければ、そうする」

「余裕は三日ください」

「三日ね。今月の一冊を選んで送る。四日あとには、面白い書評が手に入る」

「面白くします」

「よし、今日の打ち合わせは、そこまで。充分だ」

引き続き彼は珈琲を飲んだ。

「ここから先は、お知恵拝借だ。本を一冊、作ることになった。いろいろ考えたのだが、最終的にはガイド・ブックかな。この町の。神保町の。出掛けるにあたって、とあるページを参照したり。神保町なんとかかんとか。そういう題名の、この町のガイド・ブック」

そう言った彼は佐伯を見た。

「なにかないか」

「ありますよ」

「なにかないかときけば、ありますと答える。そうこなくちゃ」

「神保町珈琲地図、というのはどうですか」

「いいね」

「神保町の喫茶店を紹介する本です。見開き二ページに一軒として、二百ページで百軒です。ここも入りますね」

「うん、入る。このアイディア、いただくよ」

佐伯は園田照正という名前と電話番号を彼に教えた。

「もとのアイディアはこの人ですから、この本を実現するのでしたら、まず彼に連絡してください」

そう言った佐伯は、ミーエとハルというふたりの女性たちのことを思った。このふたりに取材をまかせればいいのではないか。店を紹介する文章を、自分も二、三軒は書きたい、とも佐伯は思った。

「神保町珈琲地図、という書名にしよう。まず園田さんに電話をして、このアイディアで編集会議に提出することの許可をもらう。編集会議はあっさりと通過する。そしたら園田さんは、すぐに取材だね」

ふたりの女性たちのことを、佐伯はふたたび思った。

「神保町珈琲地図のアイディアが出た現場に、このふたりの女性がいたのです。フリーランスのライターたちの仲間です。ハルという女性と、ミーエという女性です。彼女たちに取材してもらうことを、園田さんに提案してください」

「うん、そうする」

佐伯はつけ加えた。

「地図は正確なものにしましょうね。この道に面しているということが、はっきりわかる四角を、その店の位置に正確に描きましょう。適当なところに赤丸を打つのではなく」

「もちろん、そうする」

喫茶店での打ち合わせの時間は終わりに近づきつつあった。当店のブレンドをふたりとも飲み干していた。ふたりは店を出た。いったん編集部へ戻る、と言った彼と、店の前で別れた。

裏道を抜け靖国通りの北側に出て、神保町交差点を佐伯は渡った。靖国通りの南にまわり、古書店を何軒か見た。そして駿河台下の交差点から靖国通りの北側へ戻った。神保町の交差点の方向へ歩きながら、佐伯は思った。今日の夕食をなににしようか思案しながら、夕方の靖国通りをひとり歩く幸せ、とふたりの女性のうちのひとりが言った。いまの自分はまさにそうではないか。そう思った瞬間、今日の夕食をなににすべきか、きまった。

目白通りの東側の歩道をしばらく歩いた彼は、脇道に入った。その狭い脇道の右側に、焼き餃子の専門店があった。店は営業していた。彼は店に入った。

店のなかに充満している匂いが彼を迎えた。カウンターのなかほどに席を取った彼は、焼き餃子を二人前と白いご飯、それにワカメのスープを注文した。このスープのごく淡い塩味を彼は好いていた。

冬至からすでに四十日近くが経過していた。こうしてまだ明るいうちにこの町で夕食の店に入るのは、幸せのひとつだと彼は思った。今日の夕食はなににしようかと思案しながら歩き、まだ明るいうちに、今日はここときめた店に入り、注文して、ふと外を見ると、まだ明るい。これも幸せのうちだろう。

幸せはもうひとつある、と佐伯由紀彦は思った。これは重要なことだ。たったいま佐伯自身が経験したとおり、その夕食はひとりで食べなくてはいけない。ひとりで食べる夕食は、内省的になるはずだ。いま体験したばかりの、ひとりの夕食がいかに内省的であったかについて語るのは、難しい。

そんなことを考えながら、佐伯は店から路地のさらに奥へとひとりで歩いた。途中で右に曲がった。路地とも言えない狭い道を出た突端に、街灯があった。その光の輪をめざして、佐伯は歩いた。

街灯が作る光の輪のなかで、佐伯は立ち止まった。交差する道の左側から、ひとりの女性が歩いてきた。

二十代なかばの女性だ、という認識の彼に、彼女は軽く右手を挙げた。自分が誰だかわかっている人の挨拶だと思った佐伯は、彼女が誰だか気づいた。半年ほど前に仕事をした女性の編集者だ。

軽く挙げた右手の動きの連続として、彼女は右手の人差し指で、右側を何度か指さした。右側には民家とも商店ともつかない建物がつらなっていた。そのなかに喫茶店があることを、彼は知っていた。彼女が指差しているのは、その喫茶店だった。そこへいまの自分はむかっている、よかったらいっしょにその喫茶店に入らないか。彼女の右手が指差す動きを、彼はそのように解釈した。

街灯が作る光の輪から抜けだした佐伯は、その喫茶店の入口まで歩き、そこに立ち止まって彼女を待った。

彼女はすぐに佐伯とならんで立った。怜悧そうなその横顔を彼は見た。彼女が言った。

「街灯の光の輪のなかに立ち止まったときすぐに、あなただとわかったのよ。私はこの店を目指していたけれど、ここに一緒に入ってくれるの」

「そうだよ」

「それはうれしい」

ふたりは喫茶店に入った。客はいなかった。

「そういう時間なのね」

ふたりは店の奥の、壁ぎわの席に着いた。

「あの時間にあそこを歩いているということは、この珈琲が食後の一杯になるのかしら」

「そのとおりだ。そして、きみは？」

「おなじく。食後の珈琲。食後の珈琲はここにしよう、ときめてから、夕食をなににするか、選びました」

「ひょっとして、ひとりで」

「そうよ。ひとり飯。今夜はひとり飯」

ペルーの有機栽培の珈琲を彼女は選んだ。佐伯はおなじものにした。

「今夜はひとり飯。題名だね。ガイド・ブック。神保町の。ひとりで食べる神保町」

「まさに題名だわ。編集会議に提出したら、通過するわ。通過したらあなたが書くのかしら」

「もちろんだよ。取材者を三人は使いたい。多ければ、五、六人」

佐伯の言葉に彼女はうなずいた。

「佐伯由紀彦の著作になるのよ」

「大歓迎だ」

もう一度、彼女はうなずいた。

「今夜はひとり飯。これをタイトルにしましょうか」

「表紙にあらわれる言葉のなかに、幸せ、という文字があるといい。ひとり飯、ではなくて。ひとり夕食の幸せ」

「それをタイトルにしましょう」

「ひとりで食べる夕食には、幸せがあるんだ」

「夕食にはなにを食べようかな、と考えながら靖国通りの北側を歩いてるところから始まって、ひとりで食事をして食後の珈琲をいまのように飲んだとして、その幸せな感じは、どのあたりまで続くのかしら」

「自宅へ帰っても続いている。ひとりで熱い煎茶を淹れて飲む。暗い庭のあちこちを眺めたり。自宅に帰ってから雨が降るといい。濡れているヴェランダが、煎茶を飲む僕のすぐそばにある」

「幸せなのね」

「いいものだね」

本書に登場する名称、値段などは、
連載・執筆時のものです。

あとがき

カレーライスを主題にした短いエッセーは、二〇一六年の十月から、『夕刊フジ』に連載した。ただし冒頭にある「母親の黄色いカレーライス」は、編集者の小島岳彦さんの求めに応じて、ごく最近に書いた。小島さんの懇切丁寧で綿密な編集ぶりには、僕はいつも深く感謝している。連載は半年の予定だったが一年に延長された。

連載はいきなり始まらない。連載となるためには、その前の段階が必要だ。その前の段階は、この場合、とある春の日、うららかな午後の、電話となった。その電話に出た僕に、電話をかけてきた人は、「ぜひお目にかかりたいのです。用件は連載のお願いです。週一、千四百字です」と言った。「打ち合わせの場所と日時はおまかせいたしますから、そちらでお決めになってください」

私鉄の急行が停車する駅からもっとも近いチェーン店のコーヒー・ショップを僕は選んだ。そこへ向かって各駅停車の空席にすわった僕は、主題はカレーライスしかないだろう、と思った。千四百字でカレーライスについて二十五回。クレイジーだ、と人は言うだろう。僕がクレイジーであることは、いっこうに構わない。二十五回はまもなく延長されて五十回になった。

待っている僕のところへ、編集長の佐々木浩二さんが直接の担当者である女性をひとり、伴ってあらわれた。カレーライスの主題は、「いいですね」という編集長のひと言で、承諾された。彼は締切を伝えた。最初の締切だ。

「少なくとも三回分は、いただきたいのです」

僕は承諾した。

「連載にはタイトルが必要です」と直接にこの連載を担当する冨安京子さんが言った。そうだ。そのとおりだ。総タイトル、というやつだ。

僕にあたえられた時間は十秒ほどだったろうか。その十秒の中で、僕は「カレーライス漂流記」という題名を考え、彼女に伝えた。

「とってもいい、と思います」と彼女は言った。一冊の本にまとめるにあたって「カレーライス漂流記」は「カレーライスは漂流する」の章題にあらため、内容に手を入れ構成を変えている。

週一回の連載は無事に終わったが、一冊にするには分量が不足していた。

一年がたち、二年が過ぎ去り、カレーライスの連載を、まず書いた当人がすっかり忘れた頃、小島岳彦さんから電話があった。

「カレーライスの連載を本にさせていただきたいのですが、分量が半分ほどなのです。カレーライスと拮抗するテーマの、新たな原稿について、打ち合わせをお願いします」

　カレーライスと拮抗するものとして、僕には餃子ライスしか持ち合わせがなかった。カレーライスに続いて、餃子ライスについて書くことになるのかと、僕は思った。

片岡義男

二〇二三年八月

初出

1 カレーライスは漂流する
「母親の黄色いカレーライス」
書き下ろし
上記以外：『夕刊フジ』連載
（2016 年 10 月 1 日～ 2017 年 9 月 30 日）
を加筆訂正し再構成

2 餃子ライスはひとりで食べる夕食の幸せ
書き下ろし

題字　平野甲賀
装丁　吉良幸子

片岡義男（かたおか・よしお）
作家。一九三九年東京都生まれ。著作に、『白い波の荒野へ』『スローなブギにしてくれ』『彼のオートバイ、彼女の島』『湾岸道路』『ときには星の下で眠る』『窓の外を見てください』『ジャックはここで飲んでいる』『ロンサム・カウボーイ』『町からはじめて、旅へ』『音楽を聴く』『一九六〇年、青年と拳銃』『日本語の外へ』『彼らを書く』などがあるほか、『ナポリへの道』『洋食屋から歩いて5分』『豆大福と珈琲』など飲食をテーマとした著作の人気が高い。近年では『珈琲が呼ぶ』が大きな反響を呼んだ。

カレーライスと餃子《ぎょうざ》ライス

二〇二三年九月一五日初版

著者　片岡義男

発行者　株式会社晶文社
東京都千代田区神田神保町一─一一　〒一〇一─〇〇五一
電話（〇三）三五一八─四九四〇（代表）・四九四二（編集）
https://www.shobunsha.co.jp/

印刷・製本　中央精版印刷株式会社

ISBN978-4-7949-7373-3　Printed in Japan